1994, me siento vivo

Alexander Devenir

1994, me siento vivo
D.R. © 2021 Alexander Devenir

Ex-livris: Jacobus de Teramo - "El Demonio ante las Puertas del Infierno", del libro *Das Buch Belial*; publicado en Augsburgo, 1473.

D.R. Para esta edición © 2021 Lengua de Diablo Editorial
Antiguo Barrio de La Carolina, Cuernavaca, Morelos, México
http://www.lenguadediablo.com
http://www.twitter.com/lenguadediablo
http://www.facebook.com/lenguadediablo

Primera edición junio 2021

ISBN: 978-607-99252-1-5

1994, me siento vivo

Alexander Devenir

Lengua de Diablo Editorial

Primera parte

I

Las luces brillaban doble desde dentro del transporte público en el que Emilio se encontraba. Había llovido y las pequeñas gotas que se deslizaban por los cristales de las ventanas reflejaban destellos de luces como halos y múltiples líneas de luz amarilla y roja. Tenía la cabeza recargada en la ventana y los ojos cerrados.

Había perdido la cuenta de los tragos de *whisky* que había ordenado. En las últimas fechas beber cualquier alcohol era su pasatiempo favorito. Los tragos se los invitó su última conquista: un empleado de la cervecería Heineken que había contactado por una red social de solteros, que no le había gustado físicamente y le doblaba la edad, pero no le importó.

Emilio quería animarse un poco y sentirse deseado, incluso querido. "¡Qué guapo estás!", le decía su ligue cada vez que podía. Emilio había regresado a vivir hace poco del Distrito Federal al Estado de Huaxilán, donde creció hasta que se aburrió de vivir en repetición, como él decía. Se fue a la gran ciudad a probar suerte hace más de diez años; ahora que regresaba no se acostumbraba a vivir de nuevo con su madre y sus hermanos, sentía que esa casa se había quedado atrapada en el pasado y que tenía que ser la persona que era antes, la de antaño.

Se la estaba pasando bien con el chico de la Heineken, cuando se dio cuenta de lo tarde que era y tuvo que correr para alcanzar el último camión hacia la casa de su mamá, en lo más lejano del estado. Alcanzó el camión, ocupó el último asiento y pronto el sueño lo venció. Había gente parada en el pasillo y desde que salió iba lleno, en su recorrido por las zonas industriales los pasajeros no dejaban de subir al transporte.

Abrió los ojos cuando le tocaron el hombro. Sobre la carretera se encontraba una patrulla militar con la sirena encendida pero sin sonido. Sólo las luces parpadeaban sobre el paraje casi desértico. Era un retén. Emilio intentó aparentar lucir lo más sobrio posible. Cuatro militares revisaban las mochilas de todos los hombres que habían descendido del transporte. "Joven, despierte, tiene que bajar", le dijeron.

Las mujeres permanecieron a bordo y una de ellas ocupó su asiento. Emilio tomó el último lugar en la fila de varones, el frío del aire que fluía en el paraje en donde se encontraba le calaba la espalda. Temía que al hablar arrastrara las palabras y delatara su profundo estado alcohólico. Le pidieron que abriera su mochila y lo hizo, las luces parpadeantes lo hacían sentirse pausado. Sintió miedo, cómo no iba a tenerlo si era la periferia de Huaxilán, casi a media noche, a manos de militares y él aún estaba ebrio.

Por un instante recordó a su *HeinekenBoy*, como le había apodado. Emilio le había llevado comida. Ahora que había regresado a casa de su mamá le tocaba preparar los alimentos, ese día cocinó lasaña y había apartado un poco en un refractario de vidrio para *HeinekenBoy*.

El soldado lo inspeccionó, le preguntó de dónde venía, a qué se dedicaba y a dónde iba. En su embriaguez se le escapó una risa, se le hicieron muy graciosas y filosóficas las preguntas del militar. En ese momento nada tenía sentido, no había a dónde ir ni nada a qué dedicarse. "¿De qué te ríes, imbécil?", le dijo con violencia el soldado. "De nada", contestó e hizo un gran esfuerzo por seguir el interrogatorio coherentemente. Mientras hablaba su mente no estaba ahí, seguía en la mesa del bar, donde había pasado toda la tarde. Recordaba al galán que le prometía amor incondicional,

Emilio no se sentía ni atraído ni enamorado, pero le gustaba imaginar que sí.

El militar terminó con sus preguntas y lo dejó subir al transporte, que seguía igual de lleno, con dificultad alcanzó un lugarcito en la puerta, iba casi colgando cuando al camión arrancó. Momentos después de que el transporte avanzó, Emilio comenzó a marearse. Las puertas del camión no se podían cerrar porque los pasajeros las obstruían, el aire con brizna se adentraba por la puerta y las ventanas. Emilio, parado en la entrada, temía caer del transporte en movimiento. En una curva no pudo más y se fue de espalda y por poco se cae sino es que otro pasajero lo toma del brazo. Emilio alzó la vista para ver quién lo había ayudado (lo más seguro es que se hubiese caído y moriría al rodar por todo el barranco de concreto, pero no fue así). En el momento en que volvió a tener lucidez se le quitó un poco la borrachera. El chico que lo había ayudado no era un desconocido, sino su mejor amigo del servicio militar y no lo veía en años. Ahí estaba Víctor: camisa de cuadros rojos y negros, el cabello rapado y sus brazos llenos de tatuajes. "¿Estás bien?", le preguntó. Emilio estaba sorprendido de verlo. "Sí", contestó, "me siento bien, bueno, más o menos". El camión seguía su curso y Emilio, aún sostenido por el brazo de Víctor, comenzó a vomitar.

II

Habían pasado 10 años desde que se habían conocido en el servicio militar. Emilio no recordaba si había obtenido bola negra o blanca; una de ellas era la que indicaba que se tenía que ir a marchar para obtener la cartilla. Odiaba hacer ejercicio, había sido poco hábil para las actividades de destreza física, era el típico *nerd* de clase, su complexión era escuálida. Aún esa noche en que encontró a Víctor la ropa la llevaba escurrida de lo delgado que era. Cuando le dijeron que tenía que hacer servicio militar se lamentó, porque eso significó hacer ejercicio y trabajo pesado todos los sábados durante medio año, todo para liberar la inútil cartilla militar.

En aquel entonces todo era diferente, no había alternancia política, en Huaxilán siempre ganaba el Partido Verdadero Revolucionario, no existía el internet ni los celulares, las computadoras costaban una fortuna y se usaban *diskettes*, la música se escuchaba en *walkmans*, aunque Emilio prefería escuchar la radio. En esa época no se besaba con hombres, ese descubrimiento llegó después; sus gustos y preferencias eran otras.

Durante el trayecto por las colonias de zonas industriales, vino a la mente de Emilio una avalancha de imágenes que, quizá por el efecto del *whisky*, no estaba seguro del orden de los eventos. Era como un nudo que había alargado el tiempo vivido, unos recuerdos se mezclaban con otros, pero lo que sí sabía es que si hace 10 años hubiese tenido la certeza que ahora tiene, la de enamorarse sólo de hombres, sin duda se habría podido fijar en Víctor.

También, si hace 10 años hubiese tenido más convicción, jamás habría acudido cada sábado con los militares: era un crítico cobarde del sistema. Cada semana lo criticaba junto con Víctor, pero también él ahí estaba, replicando y legitimando el sistema militar.

Los dos contemplaban y replicaban el retroceso humano, y es que el servicio militar es de las cosas más pendejas que existen, se decían mutuamente, pero ahí se les veía haciendo lagartijas, abdominales, sentadillas. Quizá los militares disfrutaban de ver carne fresca sudando debajo de sus playeras blancas.

Víctor, desde aquel entonces era inteligente, sabía fechas precisas, los nombres de presidentes por sexenio, el histórico de medallistas olímpicos, algunos inicios de novelas palabra por palabra. Víctor sabía quién había creado el servicio militar, a quien maldecía cada vez que podía: "púdrete en el infierno, Manu Ávila Avilón", pero también hay que comprender que eran otros tiempos cuando se implementó, lo malo es seguir repitiéndolo. Hacía 10 años que se conocieron discutían sobre la militarización del país. En aquel entonces se había implementando la guardia nacional, que no era otra cosa que la militarización de Huaxilán, por lo que Ávila llevaba una década feliz desde el infierno.

El camión arribó a la parada de la colonia donde Emilio y Víctor viven, en la periferia del Estado. Desde que se conocieron en el servicio militar se vieron muy pocas veces, un aparente destino los llevó lejos y, como en la vida, siempre se vuelve a un punto de partida, como esta historia, 10 años después. Víctor estudió ciencias políticas en la Universidad Nacional y se dedicaba a muchas luchas y muchos oficios, mientras que Emilio realizaba fotoperiodismo o algo parecido; estudió una carrera técnica en una universidad privada llamada Latina.

"¿Te acuerdas de nuestras playeras del servicio militar?", preguntó Víctor con cigarro en mano. Emilio asintió con la cabeza, "las playeras eran blancas y tenían al frente las letras SMN, ese eme ene, y tú las pronunciabas como si dijeran semen, las playeras del semen", decías. Los dos rieron recordando la anécdota, a los militares no les hacía gracia cuando escuchaban que así pronunciaban las siglas del heroico servicio militar nacional.

—Oye, discúlpame por haberte vomitado— dijo Emilio.

—No te preocupes— contestó Víctor y sonrió.

Los dos caminaban por la calle principal de la colonia.

—¿Quieres seguir platicando?

—Por supuesto, me dará gusto seguir poniéndome al corriente contigo.

—Te invito a mi casa, tengo unas cervezas en el refri.

Emilio aceptó la invitación a pesar de la hora que era, pero esa noche había visto con otros ojos a su compañero de servicio militar, y no dejaría pasar la oportunidad de la compañía, además le acababa de salvar la vida.

—Una cerveza jamás se desprecia y menos viniendo de una gran amistad. Además, ya no supe nada de ti, ni siquiera sé dónde vivías.

—Pues ahora ya sabrás un poco más de mí—contestó Víctor.

Monty Rojas era el gobernador de Huaxilán y tenía en su haber varias demandas por corrupción. Los militares no tocaban el tema y decían no saber nada cuando Víctor les preguntaba su opinión sobre la impunidad del gobierno. Fue sólo una vez, un sábado de servicio militar, que Víctor se atrevió a inquirirles, cuando le descubrieron al gobernador un desvío de fondos para la compra de un departamento en París. Cuando se les preguntó, aumentaron el número de ejercicios físicos, para que no hubiese críticas contra el señor gobernador, seguro pensaban los militares.

Durante esos sábados, de 8:00 a. m. a las 12 o 14:00 horas los militares concentraban a los adolescentes para ejercicios crueles. El sujeto A (hace 10 años Víctor) se quitaba el cinturón y con éste tenía que pegarle al sujeto B (Emilio), entonces el sujeto B tenía que correr más rápido que sujeto A en círculos frente a los demás. Lo importante de esa anécdota es que el sujeto A se dio cuenta de que el sujeto B era muy escuálido y que por más que se esforzaba por correr, el sujeto B corría lento. A pesar de eso el sujeto A jamás lo alcanzó, A se hacía güey y nunca lo golpeó a pesar de que los militares le reclamaban con violencia su actitud de hacerse pendejo. Con ese acto retrógrado con el que se divertían los militares fue que A y B se conocieron y se hicieron amigos.

Emilio agradeció que Víctor jamás lo golpeara. A y B comenzaron a establecer cierta complicidad, misma que ahora que se reencontraron se actualizaba y recordaron esas viejas anécdotas. Poco a poco encontraron temas afines como los libros, Víctor leía con gran velocidad a los escritores del *boom* latinoamericano, mientras Emilio disfrutaba de autores huaxilanenses, como José Emilio Pacheco.

A los dos les gustaban los Caballeros del Zodiaco y Dragon Ball.

Lo más curioso es que, pese a que crecieron los vínculos de amistad sólo se veían en el servicio, hacían los ejercicios físicos juntos y se acompañaban cuando tenían que hacer algún viaje a las localidades más altas de Huaxilán.

En una ocasión fueron a construir un techo a un panteón: los militares pusieron a hacer todo a los idiotasserviciomilitarenses, desde cargar los bultos de cemento hasta colar y pintar. Emilio no soportó cargar los bultos de cemento y Víctor le ayudó en varias ocasiones para que los demás idiotasserviciomilitarenses no se burlaran de su cuerpo escuálido y de sus brazos y piernas que temblaban con el esfuerzo por intentar cargar pesado. A diferencia de Emilio, Víctor era desde entonces robusto, un poco gordo, pero fuerte, el cabello rapado y aún no tenía tatuajes.

Había días en que los soldados sólo los tenían reunidos sin hacer nada, les hacían perder el tiempo. Emilio y Víctor se echaban en el pasto de los campos, observaban el cielo y sus nubes en un silencio redondo perfecto. Después de medio año, Emilio dejó de aparecer en las listas de asistencia, al preguntar a los militares le contestaron que ya no era necesario que se presentara. Emilio se sintió feliz porque representaba un verdadero martirio estar ahí y el último sábado que Emilio asistió, Víctor faltó, de modo que no se pudieron despedir.

Víctor y Emilio caminaron hasta donde terminaba la calle principal y de ahí tomaron otros callejones aledaños de muros grafiteados; se podían ver, extrañamente, algunas luciérnagas que salían al paso y algunos gallos se escuchaban a la lejanía.

Víctor habitaba en el último piso de la casa de sus papás, es decir, en la azotea. Era un pequeño departamento desde el cual se podía ver un bosque que rodeaba la propiedad, ya no había más calles a partir de esa casa. A Emilio le sorprendió que a pesar de estar en la zona industrial pudiera existir ahí mismo ese bosque, lo único urbano que irrumpía ese paisaje era una autopista que de vez en vez se iluminaba por los destellos de los faros de los autos que transitaban; esas mismas luces llegaban hasta las ventanas donde se encontraban.

Mientras Víctor se cambiaba el pantalón que había ensuciado, Emilio observaba por las amplias ventanas el paisaje y sólo una vez volteó para donde estaba Víctor por la curiosidad de alcanzar a ver su desnudez: traía una trusa de color gris, que alcanzó a notar muy de prisa. Víctor aún no se ponía la playera y alcanzó a apreciar más tatuajes en su espalda.

El departamento de Víctor no tenía divisiones, era un cubo grande con ventanales en vez de paredes. Víctor, ya con unas bermudas holgadas, miró hacia él y le sonrió. "¿Ves?, ¡no pasó nada!, ya estoy cómodo y como nuevo", le dijo, refiriéndose a que lo haya vomitado. "¡Qué pena!, de verdad, discúlpame", volvió a decir Emilio.

—¿Por qué dejaste de ir al servicio? —preguntó Víctor mientras le abría una cerveza.

—Dejé de aparecer en las listas... lo cual fue un verdadero milagro, está muy difícil que pasara algo así, a los militares no se les va una. ¿Vives solo?

—Así es, es casa de mis padres y me dejaron el techo para mí solo. Bueno, antes teníamos perros en la azotea. —Los dos rieron— ¿Te gustan los perros?

—No, la verdad no, prefiero los gatos.

Emilio vio alrededor y notó que había botellas de vidrio de diferentes formas, colores y tamaños.

—¿Y todas esas botellas?

—Las colecciono —contestó Víctor— colecciono vidrio, botellas, principalmente, y tatuajes. ¿Tú coleccionas algo?

Emilio se quedó pensando.

—Creo que sí, últimamente me ha dado por coleccionar cosas sobre el año 1984: monedas, billetes, juguetes, películas, y siempre he coleccionado libros.

—Pues estás de suerte —sonrió pícaramente Víctor.

—¿Ah, sí?—quedó intrigado Emilio.

—Pues yo soy modelo 84. ¡Si gustas, podría formar parte de tu valiosa colección!

Los dos rieron.

—Pensé que te vería en el segundo reclutamiento militar —comentó Víctor.

—No me presenté, fui desertor. ¿Y era igual que el primer servicio militar?

—Era peor, pero dura menos, son sólo tres meses e instruyen

en el manejo de armas. Te recordé mucho, pensé que en cualquier momento podrías aparecer.

—Ese régimen va de mal en peor, eso de las armas me parece aterrador. Me llegaron los citatorios para presentarme pero la verdad me hice pendejo, varios compañeros no acudieron y decidí unirme.

—En Huaxilán vienen los militares colonia por colonia a buscarnos de manera sorpresiva durante las noches y nos hacen firmar de conocimiento y obligatoriedad que estaremos ahí los sábados durante tres meses.

Emilio terminó su cerveza, la alzó a la altura de sus ojos para ver a Víctor a través de ella y sonrió; quitó con mucho detenimiento la etiqueta hasta dejarla lisa.

—Te regalo con mucho cariño esta botella.

Víctor se acercó para tomarla, ambos tomaron la botella por un instante. Los dos sonrieron cómplices de su coqueteo.

—¿A qué te dedicas, Víctor?

—Colaboro en una asociación de derechos humanos y tengo asignados casos de desaparición forzada, elaboro los materiales de comunicación, como los videos de entrevistas de los involucrados, familiares o amigos.

—¿En serio? —se sorprendió atónito Emilio.

—Sí, tengo varios asignados, entre ellos un amigo periodista, pero mejor hablemos de otra cosa, ¿a qué te dedicas tú?

—Ahora a nada. Bueno, sí, a algo, pero no tiene importancia.

—¿Por qué ya no importa?

Alzó los hombros representando un no sé y le dio un trago a su cerveza.

—Quizá, de tanto tiempo que le dedico me ha parecido algo muy trivial.

—A veces me pasa lo mismo, estoy muy clavado en lo que hago que pierdo el interés y se me olvida la causa por la cual trabajo. La burocracia en este país es un obstáculo para encontrar justicia. ¿Entonces haces periodismo?

—Fotoperiodismo. Es probable que, si me dices el nombre de tu amigo de quien investigas su desaparición, te pueda ayudar. Huaxilán y el Distrito Federal son muy pequeños y el gremio también. He trabajado con varios periodistas. ¿Era amigo tuyo? —preguntó Emilio. Pero Víctor le contestó con otra pregunta.

—Y lo que haces ahora, que dices que ya no tiene importancia, ¿tiene que ver con el fotoperiodismo?

—No, eso es otra cosa— contestó Emilio acomodándose en el sillón en el que se encontraba.

—¿Se puede saber qué es?, sospecho que es algo importante —comentó Víctor. Anda, cuéntame —insistió.

La inflexión de su voz fue diferente, en él apareció un extraño dejo de ternura. Emilio se puso un poco rojo.

—Me da pena, pero te contaré porque siempre me diste confianza: me gusta escribir, he ganado un par de concursos y ahora preparo la mejor historia de mi vida, o al menos la más seria.

—¡Te volviste escritor! —celebró con entusiasmo Víctor— ¡salud, hermano! —dijo, alzó su cerveza y brindó con Emilio.

—Algo así como escritor no lo creo.

—¿De qué va tu historia?

—Es complicado porque es la primera vez que cuento algo sobre mí, la historia es de dos personas que se aman mucho y llegado un momento, una abandona a la otra.

—¿En tu historia quién fuiste? ¿el que dejó o el dejado?

—Por primera vez en mi vida fui el abandonado —contestó

15

Emilio y su mirada se volvió cristalina.

—¿Y tiene mucho que te pasó?

—Más o menos, pero aún lo siento reciente.

—Lo siento mucho, amigo.

Víctor se acercó un poco más hacia donde estaba Emilio, probablemente como una muestra de interés de seguir escuchándolo de cerca, como cuando se está en un museo y hay que aproximarse a las obras para apreciarlas mejor.

—Espero no haberte incomodado con mis preguntas.

—No te preocupes— comentó Emilio y desde ese momento de la noche estuvo introspectivo.

—¿Será novela? ¡Siempre te gustaron! —exclamó Víctor.

—No lo sé —contestó Emilio—, igual a ti te gustaban, hasta te sabías varios inicios. ¿Aún los recuerdas?

—Cada vez menos.

—A ver, dime un inicio que te guste mucho.

—Apenas descubrí uno y creo que será mi favorito y continuó: "como el agua va al agua, así yo, melancólico vengo a encontrarme en su imagen cubierta por el polvo; rodeada por hierbas, encerrada en sí misma y condenada a la memoria y a su variado espejo".

Emilio se quedó meditando las palabras hasta que Víctor lo trajo al presente diciéndole el título de la obra: *Los recuerdos del porvenir*, de Elena Garro.

—Es huaxilanense como tu querido José Emilio Pacheco, aún me acuerdo que te mamaba *Las batallas en el desierto*.

Las ventanas se volvieron a iluminar por un largo rato y, por una misma luz, Emilio imaginó que era un camión de volteo que venía a muy baja velocidad. Estuvieron en silencio mientras duraba el destello de luces.

—Cuando seas famoso, ¿me firmarás alguno de tus libros?

—Claro, pero no quiero ser famoso.

—Eso dicen todos. ¿Cómo le piensas poner a tu libro?

—1994 —contestó Emilio con toda firmeza.

—1994 —repitió Víctor meditando los dígitos y la fecha y lo primero que se le vino a la mente fue decir:

—Tú y yo nacimos en 1984, diez años antes, ¿por qué el título?

—Es que uno de los personajes le platica a su gran amor lo que significa para él haber nacido en ese año —comenzó a contar Emilio—. Efectivamente, al igual que nosotros, nació en 1984, le cuenta de las olimpiadas en Los Ángeles, donde los marchistas huaxilanenses ganaron medallas de oro; la invención del aclamado juego del Tetris; en ese año se publicó *La insoportable levedad del ser*, del entonces joven Kundera; salió la película de los *Gremlins*.

Víctor sonrió con ese último dato —y lo mejor—, continuó Emilio— es que 1984 es el título de las grandes obra de Orwell y Haruki Murakami, uno de mis escritores favoritos, tiene una novela que le hace un guiño a la misma novela de Orwell: se llama *1Q84*, el número nueve y la "q" en japonés tengo entendido que se pronuncian de igual manera. Entonces, el gran amor de ese personaje dice que sería chingón que existiera un libro con la fecha de su nacimiento.

Él bromea que ha de ser muy triste que no exista un libro con su año de nacimiento como título y entonces él le promete que escribirá el libro de 1994.

—Por eso se llama así el libro.

—¿Cuándo lea tu novela podré identificarte?

—No lo sé.

—¿Cómo te llamarás tú?

—Aún no lo decido.

—¿Y tu ex?

Emilio tomó un trago de su cerveza y contestó:

—Diego, al igual que en la vida real.

—No inventes, le llevabas 10 años a tu ex, aparte de convertirte en escritor te convertiste en un lagartón de hombres, un asaltacunas—bromeó Víctor y los dos rieron.

—1994, el año del levantamiento de San Miguel Coatlinchán, de dónde salió Tláloc, el Tratado de Libre Comercio y el asesinado del candidato del Partido Verdadero Revolucionario, un momento muy turbulento.

—Momento turbulento en que nació mi ex.

—Aún lo amas, ¿verdad?

—Sí, lo amé como jamás me imaginé que pudiera ser capaz, crecí como ser humano junto a él.

—Quisiera que alguien me amara así —dijo Víctor, quien se levantó y se sentó al lado de Emilio. —Ya no quiero estar solo — agregó y recargó su cabeza en el hombro de su amigo.

—¿Cuánto tiempo llevas solo? —quiso saber Emilio.

—Toda la vida, quizá desde el servicio militar.

—Ya, en serio.

—Te hablaré sobre mí hasta que me cuentes tu historia— dijo Víctor.

—Es muy larga y aún no la termino.

—No tenemos prisa, podemos platicar hasta ver el amanecer. A pesar de que aún no has terminado tu novela quiero saber la tuya, me imagino que son historias distintas.

Emilio se estiró y buscó dentro de su mochila un cuaderno con unas hojas arrugadísimas y tachadas (al lado del refractario vacío).

—Mira —le dijo— estás de suerte porque traigo mi manuscrito. Lo estoy corrigiendo. Se había formado ya un vaho sobre las ventanas y las pequeñas gotas reflejaban doble las luces que rara vez se infiltraban hacia el departamento.

—Ahora entiendo por qué coleccionas cosas de 1984 —dijo Víctor.

Las siguientes páginas son la historia de Emilio y Víctor y también es *El libro de 1994*. Tuvieron que pasar 10 años para que se reencontraran. Estarán mucho tiempo juntos, un breve lapso hasta que uno abandone al otro, como lo que sucede en la obra de Emilio: uno faltará para siempre.

III

A Xavier le habían rolado lo que quedaba de un churro de mota. Al fumarlo le quemó la yema de los dedos, pues era ya una vil bachicha que ni efecto produjo en él, pero los demás pudieron pensar que sí, porque se puso a bailar como si estuviera en un estado de trance, y se debió a que en ese instante pusieron la canción "Me siento vivo", de Fobia, la que más le gusta a Xavier, y no requería ningún tipo de droga como para llegar a un intenso frenesí, más que su rola: *soundtrack* de su vida.

Así, bailando en soledad, en medio de la sala de aquella casa donde se realizaba la fiesta en un viaje hipnótico, fue que Xavier vio a Diego. Desde ese instante sintió que lo conocía, Xavier intentó recordarlo de dónde, o bien buscarle un aire familiar. Diego tenía una hermosa sonrisa, el cabello bien peinado, una playera tipo polo color roja y en la mano traía un vaso de plástico color rojo también.

19

Xavier siguió bailando, de vez en vez volteaba a verlo y, cuando le sostuvo la mirada por un buen rato, Diego le sonrió y pudo ver un hermoso hoyuelo en la comisura del lado izquierdo que, junto con su mirada, quedó intacta en la memoria. Mientras la canción decía: "me siento vivo" una y otra vez, se esparció un campo magnético alrededor de ellos.

Una vez que terminó la canción de Fobia y comenzaran a sonar cumbias, Diego se acercó a Xavier. Llegó con un saludo sincero: "Hola, me llamo Diego". "Mucho gusto", le contestó Xavier y agregó: "¿Vienes solo?". "No", contestó, "mis amigos vienen en camino, fueron por más alcohol. ¿Y tú?", reviró la pregunta. "No", mintió Xavier, "perdí a mis amigos en el transcurso de la noche pero no han de tardar en llegar". Sabía que nadie de sus amigos lo encontrarían esa noche.

"Salud", dijo Xavier y acercó su vaso con cerveza que traía en la mano. "Salud", replicó Diego y brindó con su vaso rojo de plástico con cuba y sonrió. "¿Quieres bailar?", le dijo Diego a quemarropa. "No sé bailar", argumentó Xavier. "Yo te enseño, es muy fácil". "Para mí no", contestó Xavier, "siempre intento pero no puedo, no nací para bailar". "Todos sabemos bailar, está dentro de nosotros el ritmo, sólo es cuestión de encontrarlo", dijo Diego. "¿Tú si sabes bailar, verdad?". "Sí", presumió Diego mientras lo tomaba de las manos y lo llevaba a la pista.

Bailaron una canción y siguieron platicando. Llegaron los amigos de Diego, se los presentó a Xavier y se integraron todos muy bien al relajo. Siguieron bebiendo y platicando de cosas triviales de la noche, como el clima, la música o alguno que otro chiste.

Xavier sentía conocerlo desde tiempo atrás, como dice un poema de Xavier Villaurrutia: "Cuando mi piel crecía en la piel de

otro cuerpo, cuando alguien respiraba por mí que aún no nacía".
Xavier se sintió atraído por Diego. Quizá ya lo había amado en
otra vida, en un pasado remoto, pero fue un amor tan fuerte que
aún en el presente sus destinos se buscaban.

Pensó Xavier que algo tenía que pasar entre los dos y Diego
se atrevió a preguntarle: "¿tienes novio o pareja?", inquirió. "No",
contestó él. "¿Tú?", le reviró la pregunta. "No, no tengo". "¿Y eso?".
"Quién sabe", contestó Diego, "nadie me atrae de la manera en
que me gustaría. Y ¿a qué te dedicas?", preguntó mientras sus demás amigos bailaban y los dejaban solos por un rato. "Soy foto-
periodista", contestó Xavier. "¡Mira, qué casualidad!, yo estudio
periodismo", comentó Diego. "¿En dónde?", le preguntó intere-
sado Xavier. "Por el sur de la ciudad", se limitó a contestar Diego.
Al parecer no quiso decir más, quizá le daba pena decir dónde estudiaba.

Los amigos de Diego comenzaron a hacer un círculo para bailar, los integraron y no pudieron seguir platicando bien, como
conversación de ligue, pero sí bailaron juntos; al menos eso intentaba Xavier, que sentía tener dos pies izquierdos. Se divirtie-
ron evocando canciones clásicas de borracheras, pasando por las
de José José, Juan Gabriel, José Alfredo Jiménez, hasta Paquita la
del Barrio, Lucha Villa y Jenny Rivera; incluso unas canciones de
banda que no conocía Diego.

En aquellos días, el reguetón se escuchaba por todas partes y
ese género animaba el ambiente, sobre todo a los amigos de Diego, que se veían más jóvenes que Xavier; al parecer era el género
pegador de la siguiente generación, pensó Xavier. Todos corea-
ban las canciones como letanía de oración: "tú eres el imán y yo el
metal, me voy acercando y voy armando el plan, sólo con pensarlo

se acelera el pulso, oh, yeah", decía la rola "Despacito", que se escuchaba en todas partes.

Cuando Diego se tuvo que ir con sus amigos porque le darían un aventón a su casa, Xavier le pidió su número de celular. "Con gusto", le contestó, "dame también el tuyo". Diego sacó su celular con la intención de guardar también el número de su reciente conquista amorosa, pero estaba descargado. "¿Cómo te apellidas?, para guardarte en mi cel", inventó Xavier para después buscarlo en las redes sociales. "Rivera", le contestó. "¿Es en serio, como el pintor?, ¿te apellidas Rivera?". "Sí", contestó. Xavier quiso marcar en ese instante para cerciorarse que el número era correcto, ya estaba un poco ebrio y acababa de olvidar que el celular de homónimo-de-pintor-muralista estaba descargado.

Al despedirse, Xavier sintió unas ganas tremendas de pedirle que no se fuera y que se quedara con él. Quiso besarlo, pedirle que se fuera a dormir con él, como a veces le proponía a quienes le gustaba, pero no se animó. Ahora sólo tenía la esperanza de volverlo a ver. "¡Me llamas!, ¿eh?", le dijo Diego desde la ventana del carro cuando arrancó de la calle aquella noche. El número de celular era incorrecto, Diego pensó que nunca lo buscó. Xavier había desistido de tanto llamar.

Xavier era doblemente desertor de la Universidad Nacional. Cuando terminó la secundaria había ingresado a la Escuela Nacional Preparatoria, pero le tocó la huelga de *El Mosh* y así quedó nombrada en la memoria de esa generación. Xavier ni siquiera recuerda las causas, pero el consejo universitario modificó un reglamento en el que estipulaba que los estudiantes tenían que pagar cuotas obligatorias por los servicios, lo que orilló a que miles de estudiantes no pudieran iniciar sus estudios porque las facultades, incluyendo las preparatorias, se fueron a huelga.

Todo el sindicato y la comunidad universitaria se opuso ante tal modificación, la universidad pública siempre ha sido gratuita y así lo marca la Constitución, de modo que Xavier estuvo yendo a las clases extramuros en plazas de parques con carpas improvisadas, tomando nota de las clases de lógica, que eran sus favoritas, pero pasó el tiempo y Xavier no veía claro cómo iban a revalidar o evidenciar su asistencia y presentación de exámenes, así que desistió.

Cuando terminó la preparatoria abierta, ingresó de nuevo a la Universidad Nacional a estudiar la licenciatura en periodismo, pero al terminar el cuarto semestre desistió. Quería estudiar o dedicarse a las artes visuales, ya que en ese entonces tenía un ligue con un chico de artes que le transmitió el amor por la fotografía, una de las benditas revelaciones que llegaron a su vida; fue cuando dejó la facultad y por sí mismo se abrió paso en el ámbito profesional.

Sus primeras lecciones las recibió en su facultad, o sea no fue en vano su paso por la universidad, luego el aprendizaje fue reforzado por su galán de aquél entonces. Aún recuerda con mucho cariño las excursiones al Centro Histórico del Distrito Federal con su novio instruyéndole en cuanto a los diafragmas y velocidades. Fue una relación corta y terminaron de mutuo acuerdo. Lo que más le gustaba de aquel chico eran sus manos, las venas que le sobresalían con fuerza sobre la piel y su capacidad de crear y lo mucho que lo procuraba; pero así es el amor, a veces funciona y otras prevalece la idea de querer saber qué hay más allá de esa relación, más si son las primeras relaciones, como dice Milan Kundera en

La insoportable levedad del ser, más bien parafraseándolo, Xavier se preguntaba: ¿Él habrá amado a alguien más, mucho más que a mí?

Terminó su relación, pero no la pasión por la fotografía. Xavier fue autodidacta, hizo desde retratos de eventos hasta de productos, como mayonesas, cereales, carros, floreros, doritos. Después entró a trabajar en agencias de noticias nacionales que no le pagaban o le daban a lo mucho para los viáticos a los lugares donde tenía que cubrir diferentes fuentes informativas, pero poco a poco fue mejorando.

Después de años de trabajo como fotógrafo, Xavier ganó un premio nacional de fotoperiodismo. Sus compañeros de revistas y periódicos, pese a que respetaban su trabajo sobre narcolevantamientos, lo juzgaban por sus estudios truncos. Xavier no lograba conseguir contratos fijos y estables por no tener título o cédula. Huaxilán era una especie de fascismo, se necesitaba licencia para hacer todo: nacer, morir, ejercer, cagar, decía Xavier. Por esas y razones económicas pagan más con papelito en mano, por lo que decidió acabar su licenciatura en periodismo en una universidad de carreras técnicas.

Tere Martínez, con la que había estudiado en la Universidad Nacional, y la más brillante de su generación, y que sí terminó sus estudios, incluso con mención honorífica, estaba coordinando la licenciatura de periodismo en una universidad por el sur de la ciudad y lo apoyó con revalidar sus materias hasta que logró terminar su licenciatura. Su trabajo de tesis fue sobre la obra fotoperiodística de Metinides, a quien admiraba por ser un gran maestro que capturó la crudeza del asesinato de los jóvenes universitarios del año 1968.

24

Una vez que consiguió su título universitario y uno que otro reconocimiento académico, su amiga Tere Martínez lo invitó a impartir clases en su programa cuatrimestral vespertino, ya que por la tarde iban los alumnos de mayor edad y los más aplicados, que por lo general eran trabajadores que estudiaban, como antes él lo fue. Xavier, por ser egresado de ahí, conocía bien el sistema y era un ejemplo de profesionalismo. Así, Xavier se presentó el primer día de clases del curso de periodismo especializado, realmente no tenía mucha experiencia sobre el tema, pero había estudiado al respecto.

Entre sus alumnos, estaba Diego Josimar Rivera Hernández, el número 11 de la lista, con la sonrisa más esperanzadora del mundo y su hoyuelo de lado izquierdo, donde bien podría nacer un nuevo cosmos o la vida humana misma. Había pasado medio año desde que lo había visto en la fiesta y anotó mal el número celular, al cual había desistido llamar. Desde el primer día de clases se notaba el liderazgo de Diego y la manera en que sobresalía, además de ser el jefe de grupo, su inteligencia era notoria y sus demás compañeros lo querían mucho. Sería un cuatrimestre lleno de gratas sorpresas y de conflicto de interés, ya que era evidente la atracción que Diego sentía por Xavier.

&

"Veo que tu obra tiene su propio *soundtrack*", interrumpió Víctor a Emilio en su lectura, "¿me dejarías poner "Me siento vivo", de Fobia?" "Claro", contestó Emilio, "es tu casa. Recuerdo que cuando nos conocimos sólo había de dos sopas: o te gustaban los Caifanes y eras parte de la raza de cobre huaxilanense, o te gustaba Fobia.

Que te inclinaras por Fobia te hacía inmediatamente niño fifí". "A mí me gustaban los Caifanes", dijo Víctor sonriendo. "Pero quién más me gustaba y me sigue apasionando es Santa Sabina. Rita Guerrero fue toda una experiencia para mí. Déjame poner una rola de ella y ya te pongo a Fobia".

Víctor se sentía feliz, como hace mucho tiempo no sucedía. Comenzó la canción mística de Rita y al mismo tiempo empezó a cantar: "Abre tu mente y piensa que no estoy lejos / estando aquí no estoy / me engaña la razón / abre tu mente y sueña así / que yo estoy vivo en tus sentidos / abre tu mente y piensa que yo estoy en tu razón. / Estando aquí no estoy...". Después de Rita Guerrero se reprodujo todo una *playlist* de Fobia, que inició con "Me siento vivo". Emilio siguió contando su historia, misma que recapitulaba o le hacía nuevas anotaciones sobre las hojas de su manuscrito.

IV

La primera señal fue el primer día de clases. Xavier recibió la invitación de Diego para ser amigos en Facebook. Así como muchos alumnos tenían agregado a Xavier, decidió aceptarla. Había mucha claridad entre los dos, ellos eran engranajes de un sistema de educación, una relación de maestro-alumno. Aunque la tensión era evidente para cada uno, Xavier no quería arriesgarse, pero a veces la atracción fluye y se encuentra en donde menos se espera y fue lo que sucedió al compartir el salón de clases dos veces por semana.

Xavier nunca le comentó que lo buscó una y otra vez al número que le había dado e incluso preguntó por un tal Diego Rivera entre los organizadores de la fiesta y lo buscó sin éxito en internet. Pasaron días y semanas y lo seguía recordando, evocaba su sonrisa y se imaginaba que en cualquier lugar podría aparecer, pensar en él y la posibilidad de no volverlo a ver le recordaba mucho a una frase de Yukio Mishima en *El color prohibido*: "Lo mismo que un rayo de luz, la pasión sólo ilumina un lapso de tiempo y un fragmento de espacio".

Una sola noche había bastado para que la mirada de Diego y su sonrisa quedaran intactas en Xavier. A pesar de que Xavier estimaba a Tere Martínez y de tenerle mucho agradecimiento por creer en él, hubo cierto día en que Xavier desistió de mantenerse frío y desentendido de los mensajes amorosos que recibía. Sentía que romper el límite era defraudar a su amiga, pero pensó que pasado el tiempo le podría explicar y ella comprendería. Diego le mandaba mensajes donde bromeaban sobre las clases, las lecturas, los autores y sobre el amor. Los dos eran mayores de edad, así que no había legalmente ningún inconveniente más que el dilema moral que perseguía noche y día a Xavier como un voraz flagelo.

Mensajes de "¿cómo va tu día?", "¿cómo estás?", "¿qué estás leyendo?", se convirtieron en espacios comunes en los que la plática y las palabras iban de ida y vuelta con una perfecta armonía. Diego supo poco a poco ser muy prudente en diferenciar la relación entre profesor y amigo, y el contacto que pueden tener dos adultos, sin importar el ámbito académico.

Xavier se mostraba con reserva y algunas veces hasta cortante con Diego, pero él no desistió. La historia que se había quedado en pausa la noche que se conocieron reinició al mes y medio después de que comenzara el cuatrimestre, el día de la independencia nacional de Huaxilán. Un día antes de éste, Diego vio a

Xavier en la sala de maestros calificando trabajos. Además de que se sentía atraído físicamente por él, había algo en su intelecto, en su forma de ver la vida que lo enamoraba. Muchos hombres le habían llamado la atención, pero no se había sentido atraído por uno como se sentía ahora. Le mandó mensaje a su celular, lo había conseguido con el pretexto de ser jefe de grupo y saber si los maestros llegarían en caso de que ya fuera tarde.

Mensaje 1: ¿Ya desayunaste? ¿Te llevo algo?

Mensaje 2: A mí me gusta mucho la sandía, es mi fruta favorita. Te voy a llevar un vaso de fruta, ¿quieres con miel o con yogurt?

Mensaje 3: Te llevé con miel. ¿Te gusta el Yakult?

Mensaje 4: Te llevaré unas galletas.

Fue el último mensaje.

Xavier se encontraba solo en el pequeño cubículo que tenía asignado cuando llegó Diego corriendo con su vaso de fruta, Yakult y galletas. No estuvo ni 10 segundos frente a él cuando se los entregó. "Te fui a buscar a la sala de maestros pero no estabas. Me imaginé que estarías aquí. Ten un buen día", dijo y le sonrió con una transparencia que no había experimentado. Se sintió liviano, se quedó paralizado y sin palabras ante tal gesto, no pudo siquiera hablar o decir un gracias, más tarde vio los mensajes que le había mandado y agradeció al universo ese hermoso gesto que lo consternó.

En la universidad, Xavi impartía otras cuatro materias, se encontraban en parciales y generalmente tenía mucho que calificar: le gustaba retroalimentar cada trabajo. Ese día fue largo, siguieron los mensajes de coqueteo.

Xavier vivía a una estación del metrobús de donde estaba la universidad, le quedaba muy cerca realmente, podía llegar caminando, aunque nunca lo hacía. En cambio, Diego vivía al otro extremo del Distrito Federal, por el norte, colindando con Huaxilán. El transporte público desde allá, con tráfico, hacía más de dos horas de trayecto, que bien aprovechaba para leer libros, pero no siempre porque había días con exceso de calor o lluvia o de embotellamientos de la urbe que le impedían concentrarse. Los mensajes de broma y juego continuaron todo el día.

El siguiente día, el definitivo, la ciudad estaba en caos total por las fiestas patrias. Diego le mandó una foto de él. "Mira, me cortaron el cabello de más, no lo pedí así, me lo dejaron mal". Xavier no pudo contenerse y se atrevió a contestarle: "te ves muy guapo". Ya no quiso ver el resto de los mensajes que le contestó Diego durante el día hasta la noche, cuando con unas cervezas encima por las celebraciones de la independencia no se pudo contener. El último mensaje era también una fotografía suya, con un traje de charro, con el que estaba a punto de cantar canciones huaxilanenses en un festival de la independencia nacional. El sombrero, la camisa y el gran moño eran perfectos en él. Traía su violín al hombro. Fue una de las tantas imágenes que comenzaba a atesorar.

Cada vez le descubría más talentos ocultos a Diego como, por ejemplo, que cantaba profesionalmente y tocaba el violín en un mariachi. Además de los mensajes y fotografías, también le había compartido una canción de Caloncho. Xavier le dedicó su canción predilecta en la vida: "Me siento vivo", de Fobia. "Con esa canción te conocí", agregó. "Me gustas porque me haces sentirme vivo".

Toda la noche en la fiesta en la que se encontraba Xavier con sus amigos no se pudo sacar de la mente a su querido mariachi y puso una y otra vez la canción de Caloncho. Xavier le contestó los mensajes sin pensar que era su alumno y desbordó su corazón en palabras tiernas y amorosas. No se vieron en tres días, pero se comunicaban todo lo que hacían, querían conocerse lo más que se podía a pesar de la distancia. Diego tenía una agenda saturada por las fiestas patrias y quedaron en verse el próximo lunes a las 8:00 a. m. en el cuarto de azotea que Xavier rentaba.

&

Víctor buscó la canción de Caloncho que Emilio mencionaba en su historia y la reprodujo. "No inventes, tu personaje Xavier vive en una azotea como en la que estamos", dijo Víctor. "No lo puedo creer, ¿puedes adecuar tu historia para que sea mi departamento donde vive Xavier?". Emilio sonrió y contestó: "claro que sí", y tomó un trago a su cerveza, "pero tengo que regresar más veces para poder fijar en mi mente este espacio". "Ven cuando gustes", lo invitó Víctor, "deberías de terminar aquí tu historia".

Emilio alzó la vista y recorrió con la mirada el departamento, él no tenía que adecuar nada porque los dos espacios eran muy parecidos; le gustaba la iluminación cálida que tenía en el que ahora se encontraba. "Lo único que agregaría sería tu serie de foquitos que cuelga en el techo", dijo. "Te voy a tomar la palabra", contestó Emilio, "no me gusta estar en mi casa, pero a la vez no tengo dinero para gastar y poder ir a otros lugares a trabajar como alguna cafetería o biblioteca. Llevo meses desempleado desde que hice la portada de la revista *Proceso* de *El goberprecioso* y estoy vetado en todos los medios".

"¿Tú tomaste esa fotografía?", se sorprendió Víctor. "Yo estaba ese día en el evento de la toma de protesta de *El goberprecioso*, no sé cómo no te vi o te vi y no te reconocí". Víctor se acercó a su escritorio, movió un par de papeles y regresó con el ejemplar de la revista.

"Esa mera", dijo Emilio, "me ha costado amenazas de muerte, por eso dejé el Distrito Federal y me vine a Huaxilán, a pesar de que aquí gobierne *El goberprecioso* es más fácil esconderme." Víctor se quedó mirándolo fijamente. "Te admiro", le dijo. "Para nada", le contestó, "sólo estuve en el lugar y en el momento adecuado".

Si bien es verdad que la suerte es estar en el espacio y en el momento preciso también la suerte es no estarlo. El día de la toma de protesta del gobernador de Huaxilán, Emilio pasó por una minuciosa inspección realizada por los militares, donde los fotógrafos se identificaron más de tres veces, había una zona destinada para la prensa y ahí los tuvieron hasta que un vocero del gobierno entrante les comunicó que ellos les harían llegar el boletín de prensa con las fotografías oficiales. Los periodistas se quejaron y comenzaron a gritar y hacer rechiflas; los habían llevado a un salón alterno de donde el gobernador en ese momento hacía el protocolo político y militar de recepción del gobierno. Fue una artimaña para entretenerlos y mantenerlos confinados haciéndoles creer que estarían presentes en el evento sexenal.

Emilio fue el primero en solicitar a los militares su retiro, no le encontraba ningún sentido estar ahí y exponerse a que le dieran un par de chingadazos por estar gritando rechiflas. Al salir del recinto se encontró a varios colegas de todo tipo de medios con las más distintas inclinaciones políticas, esperando alguna oportunidad de fotografiar el evento, pero había sido a puerta cerrada y los pocos que se habían acreditado como él para la asistencia habían sido engañados; les platicó a varios representantes de los medios lo sucedido.

Emilio ya había fotografiado *El goberprecioso* en ocasiones pasadas, cuando era alcalde. Se inició en la profesión con el pie derecho con esa fotografía del funcionario cansado levantando los brazos con la camisa empapada de sudor en las axilas y dejando ver una gran barriga; fue portada del periódico *El informador*. Recién le habían asignado cubrir la conferencia nacional de alcaldes, se trataba de seguirle los pasos a los 16 regidores del Distrito Federal y a los otros 125 de Huaxilán, que de esos sólo los de las zonas ricas y poderosas como Atlacomulco, de donde siempre salía el gobernador, era importante estar al tanto. Desde aquel entonces, Emilio se había ganado el odio del futuro *Goberprecioso*.

"¿Te acuerdas de cuando cancelaban las clases por el informe presidencial?", preguntó Víctor. "Claro", contestó Emilio, "pasaban dos cosas: una, la buena, es que no había clases y eso era genial; la mala era que no había caricaturas en ningún canal porque transmitían el informe. Qué viejos somos, ¿no?". "¡Y qué rápido pasa el tiempo!", dijo Víctor y platicó sobre ese día: "Yo también estuve ahí. Fui revisado tres veces por militares, nos quitaron los celulares. Recuerdo que para ingresar nos tardaron hasta cuatro horas". "¿Cómo lograste acercarte para tu fotografía?", preguntó Víctor más intrigado. "Realmente no fue ahí donde la tomé, sino en la cena de recepción", contó Emilio, "gracias a mi ex pude asistir. Nos quitaron los teléfonos, pero yo me escondí un celular chicharito en lo más profundo de mi ser, ya te imaginarás; de verdad necesitaba mi fotografía".

"Tengo un excelente lente de *clip* que siempre hago pasar como bolígrafo, lo ensamblo a cualquier celular y zas, tienes una cámara profesional." "No te encontraron tu celular chicharito?", cuestionó Víctor.

—El acceso a la cena fue muy controlada, sólo dejaban pasar a personas de confianza, entonces no se pusieron estrictos con el cateo. De buena manera los militares nos pedían nuestros celulares o cámaras y uno se los entregaba sin problemas. No hubo siquiera arco de escaneo láser o algo parecido, si me hubiera percatado de ello ni de pendejo me arriesgo. Fue como en los viejos tiempos o como en las películas de acción: quien presentaba la invitación en automático entraba.

—¿Cómo fue que tu ex te consiguió la invitación?

—Es una pregunta complicada. No lo tomes a mal, sólo te diré que días antes me la dio.

Víctor se quedó pensativo.

—¿Tú qué hacías ahí?

—También me logré colar.

Se limitó a decir Víctor con una sonrisa como si estuviera a punto de hacer alguna travesura.

En ese momento Emilio sintió un dejo de desconfianza, estaba contando mucho sobre él; podía suceder que Víctor fuera un paramilitar y sólo estuviera esperando el momento preciso para dar un golpe fulminante. El gobierno tenía infiltrados por todas partes, espiaba conversaciones de celulares a distancia remota, ¿y si ese reencuentro no hubiese sido casual sino planeado para hacerle pagar por ejercer el fotoperiodismo? ¿Por qué el interés de saber quién le consiguió el pase para la cena de recepción? Sin duda alguna había hablado de más al decir que fue su ex quien se la había conseguido; ¿y si le hacían algún daño a quien tanto amó, alguna venganza?

Diego siempre será una de las personas más importantes en la vida de Emilio, el que su ex fuera nieto de un antiguo presidente nacional del Partido Verdadero Revolucionario no lo hacía intocable, no lo exentaba. Los políticos no se fijan en la sangre cuando tienen que castigar a quien se le sale del huacal. Esos y otros pensamientos brotaron incesantemente en la cabeza de Emilio. Llevaba meses paranoico sospechando que era vigilado y que lo perseguían, pero se tranquilizó y tan pronto llegó esa sospecha, así de pronto la contuvo; no podía seguir así.

—Oye, pero tú también tienes que contarme sobre la desaparición forzada que investigas —inquirió Emilio, como para canjear información.

—Primero termina tú —le contestó Víctor—, ya te pediré ayuda con mi investigación. Estoy pensando en algo en que me puedes ayudar, veo que eres muy intrépido.

—Cuando gustes —contestó Emilio y siguió contando lo de la cena. Ya no volvió a mencionar nada sobre el ex que lo acompañó ese día.

A unos pocos metros de él, una señora detuvo al gobernador cuando pasaba hacia la mesa principal saludando a los líderes del partido o de los sindicatos. La señora le entregó un sobre blanco. Una vez que el gobernador lo tomó con una sonrisa cínica, siguió su camino repartiendo saludos. La señora se veía afligida, quién sabe de dónde sacó las fuerzas que se requieren para gritarle a alguien que tiene tanto poder como *El goberprecioso*. Le dijo: "puerco asesino". El góber detuvo el paso y regresó para ver a la señora a los ojos. Los militares en 10 segundos ya tenían sujetada a la señora que ahora lloraba y estaba al borde de un ataque de histeria o algo parecido. La sacaron inmediatamente. Quién sabe qué le haya molestado más al nuevo dirigente, si porque lo tacharon de asesino, de puerco o las dos cosas en la cena de recepción como gobernador de Huaxilán. Era evidente el sobrepeso de *El goberprecioso*. Habían sacado reportajes sobre la operación *bypass* gástrico que se hizo durante su campaña para resultarle más atractivo y guapo a los electores, pero había gastado en vano, porque lucía incluso más gordo. El color de piel también le cambió: estaba rojo de ira y su boca se frunció del enojo, parecía que se iba a quedar privado del malestar. Fue cuando Emilio, con su celular en mano y un pequeño lente profesional de *clip*, lo retrató con su característica espontaneidad.

V

Diego llegó puntal a la cita de las 8:00 a. m. del lunes. Había tenido días de intenso trabajo. Con lo que ganaba tocando con el mariachi pagaba la universidad. Al igual que Xavier, Diego había dejado a la mitad otra carrera, más bien dicho una ingeniería en el Politécnico de Huaxilán. Sus padres ya no quisieron pagarle los estudios y, es más, preferían que trabajara con su papá en el negocio de materiales para la construcción; tenían una cementera que su abuelo había adquirido cuando fue presidente municipal. Ahí o en la política tenía resuelta la vida, ingresos jamás le faltarían, pero Diego les demostró que ahora sí le gustaba lo que estudiaba y cada cuatrimestre sacaba el mejor promedio.

Debido a que lo vieron feliz con lo que hacía, recién había entrado a hacer prácticas profesionales en el canal local de televisión y le iba muy bien, al poco tiempo su papá le volvió a dar dinero, pero Diego quería valerse por sí mismo. Siempre fue así, un tanto orgulloso y sentía que él lo podía todo, así que decidió pagarse lo más que pudo sus gastos y no pedir más que para lo necesario en su casa.

Por esas razones Diego trabajaba entre semana cuando se podía, si le salía una tocada incluso faltaba a clase. Los sábados y domingos tenía más chamba: que en una serenata por algún cumpleaños, bodas e incluso hasta en sepelios había tocado canciones de despedida. Su instrumento: el violín. Tuvo la suerte de aprender en el colegio de bachilleres, y desde entonces destacó por su talento. Tomó clases particulares hasta que se incorporó a una filarmónica; justo cuando lo aceptaron, ésta ganó un concurso para representar a Huaxilán en un festival latino en Viña del Mar para tocar sones, rancheras, corridos, polkas, valses, mazurkas y chotis huaxilanenses. Esa experiencia marcó la vida de Diego, fue la primera vez que salió del país y que estuvo lejos de su familia por un mes completo.

Algo que le causó gracia durante su estancia fue que el mariachi chileno, además de cargar con sus instrumentos, cargaban con pistolas. Tenían la impresión que así era el mariachi huaxilanense. Obvio las armas no eran de verdad, sólo eran parte de su vestuario.

Fue en esos días que afianzó su amistad con sus compañeros de la filarmónica, en especial con una chica que era mujer trans, Laila, que tocaba en un mariachi y fue ella quien lo invitó a trabajar tocando serenatas cada fin de semana. Los dos hicieron muchas amistades con gente de toda Latinoamérica que había asistido al festival, con las que mantenían contacto frecuente a través de mensajes escritos o de voz. Entre los dos ahorraban dinero porque un día querían regresar juntos a Chile.

Esos días de las fiestas patrias es cuando más plata se podía sacar. Fueron tres días seguidos de serenata tras serenata y después de cada tocada, Diego le mandaba mensajes y fotos a Xavier. Estaba muy ilusionado con que llegara ese día lunes a las 8:00 a. m.

Xavier estaba limpiando su cuarto cuando escuchó que tocaron la puerta, abrió y ahí estaba Diego con su sonrisa milagrosa. Llevaba puesta una camisa verde con estampado de elefantitos de origami. Diego se acercó a él y lo besó, Xavier le extendió el brazo por la cintura. Después de besarse, Xavier le dijo: "estás bien flaquito, te puedo abrazar con sólo uno de mis brazos". Diego sonrió y le contestó: "¿Por qué te sorprendes? ¿Acaso me veo gordo?".

—No importa cómo seas o cómo te veas—, le contestó Xavier.

Ese día oficialmente comenzaron a andar. Por la noche Xavier ya tenía planeado desde antes una reunión con dos de sus mejores amigos, por los que había llegado a vivir al Distrito Federal. La historia es corta: después de que Xavier vivió con una de sus parejas que decía amarlo, pero un día lo golpeó, decidió dejarlo y regresar a Huaxilán con su mamá. Paco y Tania lo vieron tan deprimido que lo invitaron a vivir con ellos en la ciudad mientras él conseguía trabajo. Así de mal lo vieron que esos días corrieron con sus gastos y decidieron adoptarlo como un hijo o uno más de sus tantos gatos. Desde siempre habían tenido una amistad profunda, pero esos días se hizo entrañable. A los pocos días, Xavier obtuvo un buen trabajo de fotografía publicitaria que le dio los medios para independizarse.

Por la noche, Paco y Tania tuvieron un poco de reserva. Era natural, Xavier era un enamoradizo y sucedía que con cierta frecuencia le conocían alguno que otro amor, y ahora que les había dicho que iba en serio con ese chavito, tenían sus dudas.

Al final de la velada, Diego, con su encanto, se los echó a la bolsa, más cuando platicó que había tocado con su mariachi, en uno de los conciertos de Lila Downs, cosa que causó sensación, ya que los tres eran grandes admiradores de ella. Era la primera vez que Paco y Tania iban de visita a ese cuarto. No habían cenado, se hacía tarde y la estaban pasando bien, pero Diego se tenía que ir. Xavier le pidió que se quedara a dormir, pero él no había avisado en su casa, así que le prometió que el siguiente viernes se quedaba.

Xavier lo acompañó a tomar el taxi para llegar a la próxima estación del metrobús, pero no pasó ninguno y decidieron mejor caminar, para estar un poco más de tiempo juntos. Se besaron como si no hubiera un mañana, se besaron más veces que los pasos que dieron.

Al regresar Xavier se dio cuenta que habían transcurrido más de dos horas que había salido y sus visitas se habían retirado. La comida quedó entera, percibió molestia de sus amigos de lo contrario, aunque él no estuviese, se habrían servido como en otras ocasiones. Pero como buenos amigos, en poco tiempo volvieron a verse, les ofreció una disculpa y siguieron siendo íntimos como siempre.

Xavier comió toda la semana de lo que preparó hasta el viernes que volvió a cocinar para Diego, la noche en que acordó quedarse con él. Xavier preparó unas crepas rellenas de champiñones con pollo y queso. Todo estuvo listo a tiempo, incluso se lució comprando un buen vino y poniendo flores en la mesa. Sería la primera vez que cenarían y dormirían juntos.

Cuando terminó la última clase Diego decidió no ir a beber con sus amigos de la universidad, como era costumbre cada viernes que no tenía tocada, y puso de pretexto un compromiso de su grupo de mariachi. Fue así que se deslindó de sus amigos y estuvo, tan pronto como pudo, en el cuarto de Xavier, que no es un cuarto como tal; se trata de un espacio muy grande, con ventanales amplios y con todas las divisiones de un departamento hechas con cinta *gaffer* en el suelo, como en la película *Dog Ville*, de donde le había surgido la idea a Xavier. Lo que cruzaba todas las marcas de cinta *gaffer* por arriba del espacio era una serie de foquitos con luces.

&

Víctor sonrió al escuchar esas líneas, pues sabía perfectamente que no estaban escritas. Intuyó que las improvisaba, entonces se le ocurrió pedirle su manuscrito y ver qué realmente estaba en su historia antes de esa noche y qué cosas coincidían de pura casualidad, pero no se animó; se dejaría sorprender de las cosas que Emilio iba incorporando poco a poco.

También se imaginó que de algún momento a otro él podía aparecer como personaje que reencuentra a Xavier, 10 años después de cuando lo vio la última vez, una noche en el transporte público, luego de un retén militar; que platicaban y se ponen al corriente de sus vidas. Xavier comparte su pasión por la escritura y se imagina así mismo invitándolo a que vaya a escribir a su departamento, donde se fueron después de encontrarse. Ahí hay una serie de foquitos con luz cálida y una vez que Xavier volviera a su departamento, el personaje de Víctor se acercaría a besarlo y le diría que ya olvide a todos sus amores pasados, que él puede llegar a quererlo mucho más, pero su imaginación se detiene cuando Emilio le pregunta si tiene más cerveza, va al refrigerador y se da cuenta que ya no hay. "Tengo una botella de *whisky*, ¿gustas?". "Sí", contesta Emilio, "beber cualquier tipo de alcohol se ha convertido en mi pasatiempo favorito", le dice y sonríe, está contento como hace mucho tiempo no lo estaba.

&

Diego entró al departamento de Xavier, había una hermosa mesa puesta con vasos, platos y copas que nuevas, y un vaso de vidrio por florero lleno de flores amarillas y claveles blancos con bordes rojos. También había una hermosa carta con un pequeño poema. Diego quedó aún más enamorado, el poema lo escribió Xavier inspirado en su vello pectoral y en la sensación de conocerlo de vidas pasadas:

Existen risas que se expanden en el bosque
crecen en tu pecho fino, origami negro
de elegantes tallos fuertes como tú
versos en un parpadeo
roble y papel todo tú
guiño, guiño,
dobleces
respiro
origami
hojas
días
tú
Eres río flotante
lluvia a contraluz

dos ojos de ave
que han cansado su andar
mediante migraciones milenarias
que evocan el bosque de tu pecho
denso origami negro
Eres unos pasos
en la noche de mi infancia
tu eco antecede mi camino
espero que la lluvia escampe
que los gatos no se extingan
para nadar en silencio
eterno origami negro.

Platicaron esa noche como sólo lo pueden hacer los enamorados, irrumpiendo el tiempo presente con evocaciones al pasado
sobre sus vivencias, como diría Alejandro Zambra en *Formas de
volver a casa*: "intercambiado recuerdos de infancia, como hacen
los amantes que quieren saberlo todo, que rebuscan en la memoria historias antiguas para poder canjearlas, para que el otro también busque".

Se acabaron la botella de vino entre risas y anécdotas y bajaron
por dos más al Oxxo que les quedaba a una cuadra. Compartie-
ron las canciones que más le gustaban. Xavier sintió un bienestar
que no había experimentado ni siquiera en ninguna vida pasada;
era extraño percibirse así después de haber decidido apenas hace
cuatro días atrás besar a Diego y no perdía la sensación de conocerlo desde otro cuerpo, desde otra existencia.

Cuando muy de madrugada se fueron a dormir, al estar ya desnudos, Xavier no quería cerrar los ojos. Tenía a Diego entre sus brazos y quería estar consciente la mayor cantidad de tiempo posible de que los dos estaban ahí, juntos, calientitos, en silencio. Quería que siempre fuera esa noche, que el sol jamás volviera a renacer y tener un cenit. Cuando sintió que se estaba quedando dormido, le dijo al oído ya casi somnoliento:

Estar contigo o no estar contigo es la medida de tiempo:
Ya el cántaro se quiebra sobre la fuente
ya el hombre se levanta a la voz del ave
ya se han oscurecido los que miran por las ventanas
pero la sombra no ha traído la paz
Es, ya lo sé, el amor: la ansiedad y el alivio de oír tu voz
la espera y la memoria, el horror de vivir en lo sucesivo.

Y así fue.

Cuando terminó de decir las palabras mágicas de Borges, Xavier en voz baja le dijo: "ya no podré vivir sin ti" y así sucedería. Aunque no le gustaba el poema "El amenazado" en su totalidad, los versos que le dijo expresaban lo que sentía.

Al día siguiente, después de que Diego se fue, el remordimiento de conciencia no pudo con Xavier, por saber que era su alumno, pero también se dio cuenta que de manera inconsciente había un temor de que si alguien se enteraba en la universidad podrían despedirlo.

Vivir del periodismo sólo deja penas y riesgos. Creía firmemente en la prensa libre y constataba que esa profesión era una pieza fundamental para vivir en sociedades más democráticas y justas. Creía en ese ideal y era lo que lo alimentaba día con día para seguir persistiendo en la profesión. Era constante en el medio enterarse de colegas desaparecidos y asesinados, así es el oficio en Huaxilán y en el Distrito Federal. Había asistido a manifestaciones y a foros para exigir mejores leyes de protección a los periodistas.

Por un tiempo estuvo trabajando muy de cerca con el artículo 19 y con unas *oenegés* de jesuitas, pero es complicado: la violencia del Estado es histórica y si desde los medios y las empresas que controlan el poder mediático no hay apoyo es complicado. En el sexenio anterior, antes de los movimientos independentistas, a uno de sus mejores amigos lo descalabraron cubriendo las manifestaciones de la toma de protesta de *El gobercarismático* y su agencia de noticias para la que estaba haciendo la cobertura no lo apoyó ni siquiera con los medicamentos, ya que todos los que trabajaban para ese medio era por *outsourcing*, es decir, había un tercero que los contrataba, sin gastos médicos, sin seguro social o prestación, así que no se hacía antigüedad en los periódicos o agencias.

Vivir así no se puede, las ironías del sistema es que esa empresa de comunicación tenía el ISO9000 por ser una empresa socialmente responsable y ser un *a great place to work*. Ante esas desventuras del trabajo, Xavier se preocupaba y al recordar el medio profesional y su adversidad, sabía que no podía dejar las clases en la universidad.

Sin embargo, había algo muy poderoso por lo que valía la pena correr el riesgo: se sentía enamorado y contento, de esas veces que sin dudar estaba tomando la decisión de querer estar con alguien y dejar que todo fluyera, a pesar del conflicto que le generaba que Diego fuera su alumno y además tuviera 10 años menos que él, lo que representaba otro temor oculto, pues cuando tuvo su primera relación terminó por el hecho de ser la primera.

Siempre quiso saber qué había más allá de aquel primer enamoramiento, otra vez la idea que propone Milán Kundera, en *La insoportable levedad del ser*, pero también en *El libro de los amores ridículos*. Xavier sabe que las primeras relaciones son un ensayo para las segundas. Él era la primera para su gran amor, la primera en profundidad y compromiso, pero también la primera que Diego tenía con un hombre.

El tiempo que pasaban juntos se hacía doble, de alguna manera se alargaba o se detenía en círculos por su amor y por el campo magnético que se había esparcido entre ellos el día que se conocieron en la fiesta. Xavier intuía que este nuevo amor era todo lo que él había buscado en una relación, había una canción de Monocordio que expresaba tal cual lo que sentía:

Y el tiempo pasó
todo transformó y sin saber por qué, siempre te busqué.
Nos amaremos después
la vida nos matará
seremos polvo otra vez
la tierra nos beberá
muy lejos de este lugar
tal vez te pueda encontrar
el día que te conocí
sentí una explosión.

Xavier se la cantó y dedicó a su gran amor muchas veces: eran polvo estelar.

Xavier tenía algunas relaciones en su haber y cada día pensaba lo que significaba ser la primera para Diego. El primer amor jamás se olvida, pero es un ensayo. A veces dudaba de lo que él mismo creía, quizá nada de lo que vivía ahora terminaría, podría ser que siempre fuera lo suficiente en todos los aspectos para Diego.

Segunda parte

Xavier recién había terminado una relación pero no fue lo suficientemente real, es decir, no había seriedad ni compromiso, no ameritó presentarlo con su familia o amigos, aunque en una ocasión sí lo llevó a su casa. El chico era muy aferrado a que no terminaran, pero Xavier ya le había pedido que se dejaran de ver en dos ocasiones por aburrimiento y por no tener empatía sexual. Rodrigo, así se llamaba, tenía esperanzas y para él su relación seguía de algún modo a pesar de la negativa de Xavier, quien, para estar seguro de no tener ningún compromiso con él, le dijo la verdad, que había conocido a alguien más, que en poco tiempo había desbordado todo el amor que la vida puede tener.

Xavier quería hacer todo bien con Diego. El chico lloró por muchos días, Xavier lo sabía porque le marcaba y podía escucharlo gimotear y ni siquiera poder hablar por su estado anímico. Xavier, ante el remordimiento de consciencia, cometió un grave error: le dedicó un mensaje y una canción, error que lo perseguiría por tener empatía. En el mensaje sólo agradecía la relación, y la canción fue una premonición.

Diego, por su parte, también le dedicó una rola de una banda que Xavier desconocía pero que dice:

Espero no sea tarde para recordarte que tú eres lo más importante.
Espero no estar a destiempo o se me haya ido el momento,
pues muero por preguntarte si te quieres ir de aquí conmigo
y siempre cuidar a tu corazón antes que al mío.

A los pocos días de ser novios, decidieron vivir juntos. Xavier estaba muy feliz, semanas después recogieron un gato negro de la calle, al que le pusieron Mistoffelees, porque por aquellos días leían una obra de Eliot donde había un personaje que se llamaba así. Misto le decían de cariño y tenía un pelaje largo de color negro, como si fuera un gato salvaje.

También compraron una pecera con pecesitos rojos de diferentes tamaños, a los que le pusieron nombres de escritores, como José Agustín, Gustavo Sainz, Parménides García, Amparo Dávila, Guadalupe Dueñas y la extranjera Lenore Kandel.

Cuando llevaron a Misto por primera vez al cuarto, como todo buen gato primerizo, buscó dónde esconderse, en lo que exploraba poco a poco su nuevo hogar. Después de que no apareció por mucho tiempo y lo buscaron meticulosamente, lo engañaron reproduciendo un audio de Youtube, en el que una gatita llama a sus gatitos con algún tipo de maullido especial. Sólo así salió Misto de su escondite.

II

Xavier estaba decidido a hablar con su jefa y renunciar a la clase donde se encontrada su nuevo centro del universo. Habían pasado algunas semanas intraquilo. Cuando llegó a la oficina de la coordinadora, no pudo idear un argumento verdadero para solicitar que le retiraran la asignatura, siempre había sido un pésimo mentiroso, no sabía inventar pretextos o mentiras, en experiencias previas al intentar hacerlo, comenzaba a tartamudear de los nervios, tanto, que se delataba, aceptaba que estaba mintiendo y se disculpaba.

Al estar frente a Tere simplemente dijo que el grupo no le gustaba. Ella le contestó que eso no era razón suficiente, que le dijera la verdad. "Te estoy mintiendo, es mi grupo favorito", contestó. "¿Entonces?", le urgió su amiga, "no te entiendo, Xavi". "Olvídalo", dijo él y salió corriendo.

No podía dejar ni ese ni todos sus grupos. Independientemente de la estabilidad económica que le representaba ser maestro, le apasionaba estar frente a los grupos, poder cumplir con lo necesario del temario a tiempo y forma para después disponer más tiempo para enseñar sobre más cosas, sorprender a los alumnos con nuevos conocimientos útiles, darles consejos prácticos para la vida y uno que otro consejo de vez en vez. Le gustaba calificar, leer ensayos y obligarlos a leer, siempre dejaba dos clásicos: *Las batallas en el desierto* y *El principio del placer*. Se desvivía por sus estudiantes y la mejor manera era preparando clase y estudiando siempre lo que iba a hablar.

En cierta ocasión, estando en el salón de clases, se sintió vulnerable: un ser humano que estaba sentado frente a él había comenzado a enraizarse en lo más profundo de su vida, pero la vulnerabilidad radicaba en que por primera vez pensó que quizá su gran amor no quería nada en serio y que sólo representaba una diversión. Lo vio tan indiferente como si nada estuviera pasado entre ellos. Obvio, estaban en la universidad y tenían que fingir, pero no hasta esos extremos. Mientras él ya traía una fotografía de su idolatrado amor como fondo de pantalla en su celular, y a pesar de estar en la universidad sentía que cada simple acción que hacía llevaba un dejo de amor dirigido a ese singular ser humano, un guiño, una mirada, Diego supo distinguir la relación dentro y fuera del salón de clases.

Esa fue una de las primeras cosas que le advirtió su maestro: le dijo que pasado el tiempo y, sucediera lo que sucediera, siempre negara la relación que tenían. Diego había destacado por ser un gran estudiante, el más brillante de sus estudiantes en los últimos años y no podía tachar su impecable trayectoria diciendo que anduvo con un profesor, y más: que la gente pensara que por eso obtuvo sus mejores calificaciones.

Diego hacía prácticas profesionales en una de las televisoras de derecha. Si bien, no era el mejor medio, era lo que había para poder adquirir experiencia. Lo que hacía era contestar las llamadas del público que marcaban para solicitar que en la pantalla de los noticiarios aparecieran mensajes de texto, como quien dice un poco de publicidad gratis, ya que no se usaba para fines periodísticos o de información relevante para la ciudad, sino que eran dedicatorias, promociones, y mensajes particulares, a lo mucho se denunciaban fugas de agua, o baches, nada importante al final del día para generar consciencia ciudadana; por ejemplo, jamás se mencionaban temas sobre la inseguridad o desapariciones forzadas. Diego anotaba los mensajes y elegía los más importantes.

Cuando salía de la televisora, Xavier pasaba por él, lo invitaba a cenar a los lugares que más le gustaban y después se iban al departamento que compartían juntos, se refugiaban del mundo en esa especie de pecera, donde hacían el amor una vez y otra vez. Xavier juraba que los vecinos los escuchaban todas las veces que hacían el amor. Cuando iniciaba el día y se duchaban juntos, Diego le abría al agua fría después de la caliente, y Xavier gritaba: "Me siento vivo", una y otra vez.

Diego dijo en su casa que se había ido a vivir con un compañero de clase y que era de semestre avanzado de la licenciatura.

Ni en su casa ni sus amigos sabían de su orientación. Se lo advirtió a Xavier antes de comenzar a andar: "no te puedo ofrecer una relación donde la gente sepa que eres mi novio", le había dicho. Incluso cuando fue varias ocasiones a la casa de Diego y conoció a sus papás, siempre fue un amigo más.

Las prácticas profesionales en el canal fue el mejor pretexto para que Diego se saliera de su casa y se fuera con su novio. La primera vez que Xavier fue a recogerlo al trabajo, se fue caminando. Le gustaba meterse en las distintas colonias y tener de primera fuente la sensación de la ciudad, así le llamaba a ese sentimiento: "sensación de la ciudad", le gustaba la periferia, sentía que en los márgenes entre el Distrito Federal y Huaxilán había una segunda realidad, es decir, los habitantes de esos espacios no están en lo que muestran los periódicos, si no tienen otras relaciones económicas, sociales, culturales, por lo general en conflicto, y no tienen códigos establecidos para relacionarse. Todo emerge de un instante para otro, tristemente a través de la violencia, como un lenguaje universal primitivo; ahí había encontrado sus mejores historias periodísticas.

Diego, que aún era muy tímido y no le gustaba tener muestras de afecto en público, se permitía sentir el cariño que crecía en él, se dejaba guiar, se ponía un poco nervioso cuando sentía la mano de Xavier sobre la suya, pero se despreocupaba, e incluso se dejaba darse hasta un beso de vez en vez.

Sin embargo, temía ser visto. Simplemente jugaban a que nadie los descubriera.

Xavier reproduce una y otra vez un video de Snapchat donde los dos están debajo de una pecera, respiran y les salen burbujas por la boca, Diego se acerca a él y le da un beso.

Xavier está contento por la decisión que ha tomado, desde las primeras semanas Diego ha llegado a comer con él antes de sus clases, ya no tiene que esperar hasta en la noche para abrazarlo y llenarlo de besos.

Xavier ha cocinado con mucho gusto para dos, salen a la misma hora para llegar a sus diferentes clases en la universidad, a una cuadra de la puerta de la entrada, Diego se retrasa en la tiendita de la esquina, donde compra un cigarro suelto y hace tiempo para que no llegue junto con Xavier y no levanten sospechas. Una que otra noche van a cenar pizzas, los pondrá gordos en un par de meses.

A Xavier le gusta la jovialidad y espontaneidad que tiene Diego para todos los aspectos de la vida: ven videos juntos, comparten sus nuevos descubrimientos de *youtubers*, canales o bien platican de política, y resulta que los papás de Diego han sido por años partidarios abiertos del Partido Verdadero Revolucionario, incluso Diego en algunos comentarios defiende los postulados del partido, pero dice que al ponerlos en práctica es cuando todo se va a la mierda. Su abuelo, de joven, había sido senador, diputado y en varias ocasiones presidente del Partido Verdadero Revolucionario en Huaxilán. Cuando era el partido único fue invitado a los festejos en el Palacio Nacional, época en la que se hacían las celebraciones de la independencia, había una broma familiar que decía que mientras su abuelo "daba el grito" arriba, en palacio nacional, bebiendo *champagne*, el resto de la familia celebraba abajo, en la plancha del zócalo, rompiéndose en la cabeza huevos de harina o confeti con el resto del proletariado y echándose algún pulquito, la bebida nacional de Huaxilán.

"Cuando me dormí soñé contigo, pero lo mejor es que estabas aquí con la boca abierta durmiendo a pata suelta, era un buen sueño pero prefiero estés aquí", a Xavier le encantaba la letra de esta canción y se la cantaba a Diego cada vez que se duchaban juntos, además le gustaba el cantante chileno con quien bromeaba decir que era su novio. Diego, que desde entonces era muy celoso, le decía: "si es tu novio entonces qué haces conmigo" y se enojaba. Entonces cambiaba de canción y le cantaba: "Me siento vivo", y se agachaba frente a él para excitarlo y frotarlo hasta que se viniera en él.

A Xavier le gustaba preguntarle sobre su estancia en Chile, le agradaba escuchar esa historia y todas las que su gran amor le contaba. Le agradaba sentir que había estado ahí con él. Diego ahorra una lana junto con Laila para regresar a Chile. Gepe, oriundo de ese país, se presentaba en la ciudad en unos días y Xavier, al cobrar la quincena compró boletos para los dos. Por suerte, en el concierto no había nadie conocido, así que de vez en vez Xavier le pudo robar un beso, pero él todavía se intimidaba, no le gustaba tener muestras de afecto con otro hombre en público, aún no. Nadie sospecharía siquiera que le gustasen los hombres, al entrar a la universidad tuvo un romance con una de sus compañeras, quizá para asegurar su imagen de heterosexual. Cuando terminó el concierto de Gepe se fueron al departamento que compartían, dormían desnudos y abrazados, tan fuerte que al despertar tenían los brazos entumidos y doloridos, y sus erecciones podían durar toda la noche.

Xavier podía vivir así toda la vida: "que se me cansen los brazos de tanto abrazarte", le decía y empezaba a crecer en él una fuerza que no se explica en palabras, una fuerza por vivir y sentir a Diego, y crecer junto con él, ser mejor persona para él. Hacer el amor no sólo era en el acto sexual sino era cada mirada, cada beso, cada palabra, cada intención por él.

Laila le regaló una novela que se llama *Toda esa gran verdad*, fue el segundo libro que leyeron juntos, ya habían leído uno de T. S. Eliot, el segundo de los tantos que compartirían. Sólo Laila sabía la vida oculta de Diego, sólo a ella él le contó detalle a detalle lo que vivía con Xavier. *Toda esa gran verdad* es una novela sobre la atracción de un chico homosexual por uno que no lo es, y aborda el tema del fetiche de manera increíble.

Leían pegaditos uno sobre otro en la cama desnudos, acompañando la lectura con un cigarro o algún vaso de *whisky*, y el tiempo que compartían se volvía a desdoblar como la historia que aquí se desplaza y se multiplica entre línea y línea, palabra a palabra.

Así, poco a poco fueron construyendo recuerdos, llenando sus celulares de fotografías mutuas. Hacían nuevos planes, algunos se realizaron, otros no. Diego seguía destacando por sus talentos no sólo como estudiante: además de ser músico, se dedicaba a escribir, escribía poemas que después musicalizaba. A Xavier le gustaba oírlo cantar, oír tocar su violín, oír recitar sus poemas; le gustaba que se acostara sobre él y sentirlo como una calca de su cuerpo, como dos siluetas que se funden en una.

Cuando fue el cumpleaños de Xavier hicieron una excursión que él mismo había propuesto con los estudiantes de la universidad. A Tere le encantaban las recomendaciones de Xavier y en el poco tiempo que llevaba dando clases jamás le negó el permiso para alguna salida, habían revisado el calendario y esa era la mejor fecha.

Ese cuatrimestre propuso una salida a lo que quedaba del Archivo General de la Nación, en la antigua penitenciaria Lecumberri, o mejor conocido como el Palacio Negro. Cuando los demás Estados hicieron sus referéndums y sus independencias estipularon el reclamo de su patrimonio cultural y ello incluyó lo que había en el archivo, les explicó Xavier a los estudiantes, incluido Diego. Los llevó no sólo para que conocieran cómo se resguardaba el material en los archivos, sino también por el valor histórico del recinto. Había sido la penitenciaria donde estuvieron intelectuales y presos políticos cuando el año 1968. Por ejemplo, Revueltas había estado ahí; a otros estudiantes de últimos cuatrimestres les había dejado leer *El apando*. La guía que les dio el recorrido por el edificio los llevó a una puerta trasera que ya estaba clausurada y les dijo que por ahí había sido llevado el cadáver de Francisco I. Madero, el que hablaba con los espíritus, a Lecumberri.

Cuando regresaron, Diego y dos amigos lo invitaron a salir para festejar su cumpleaños. La adrenalina le recorría el cuerpo a Xavier, pues era la primera vez que accedía a salir a beber un par de cervezas con algunos de sus alumnos. Sentía mucho remordimiento pero, a la vez, tenía el sincero deseo de estar acompañado por Diego. No tenía ningún plan, sus amigos Tania y Paco estaban fuera de la ciudad e ir de visita a casa de su mamá a Huaxilán lo tenía agendado hasta el fin de semana, entonces decidió aceptar la propuesta.

Se daría la oportunidad de romper el paradigma moral y valió la pena porque se la pasó muy bien y se ganó otros dos cómplices a su secreto, ya que Diego le contó a su mejor amiga de clases lo que estaba sucediendo y su mejor amiga le contó a su ligue. Se tienen que cuidar mucho, fue la recomendación que les dieron, Xavier se sintió un poco incómodo y vulnerable al saber que más personas ya sabían de su relación, más cuando podía haber un conflicto de interés, y bien podían buscar beneficio de lo sabido, vaya que el periodismo y la política le habían dejado grandes lecciones.

Por fortuna nunca fue así. Al regresar de madrugada al departamento, Diego tenía preparada una verdadera sorpresa: además de una camisa de color guinda que le había regalado, desnudo sobre la cama, Diego reprodujo en altavoz un audio de lluvia, y comenzó a leer un poema que había escrito desde el día que se conocieron en la fiesta. Cada palabra rescataba el significado oculto de cada vivencia juntos, la mágica y riesgosa complicidad en la que estaban envueltos, la prohibición hacía más excitante el que estuvieran juntos frente al mundo, en pocas palabras le compartía lo mucho que significaba la relación que construían entre los dos: los días parecían dobles, se alargaba el tiempo cuando estaban juntos.

Xavier estuvo muy conmovido y agradecido por el regalo que recién le hacía su gran amor, y se percataba que Diego también percibía el desdoblamiento del tiempo. Al día siguiente Diego se dio cuenta que había perdido su cámara fotográfica, lo más probable en el bar al que habían ido. La buscaron por todas partes y no apareció, tuvo que ahorrar para reemplazar la anterior sin que sus papás se dieran cuenta.

Xavier invitó a Diego el fin de semana a su casa para que lo conociera su familia y él accedió encantado. A la fiesta acudieron varios familiares, como primos y tíos, Xavier presentó a Diego ya no como su novio, sino como su pareja. Los familiares fueron muy amables con él, a excepción de una prima, quien quizá le guardaba un oculto rencor, así que cada vez que pudo durante la cena equivocaba intencionalmente el nombre de Diego y le decía Rodrigo, y aclaraba: "perdón, es que así se llama el anterior".

No le preguntaron cosas personales, por ejemplo de dónde se conocían, previamente habían acordado los dos que si les preguntaban dirían la verdad, que a principios de año en la fiesta, pero ocultarían que compartían salón de clase.

Cuando regresaron, en el trayecto hacia el Distrito Federal, Diego lloró y cuando Xavier le preguntó qué le pasaba. Le explicó que el que hayan confundido su nombre era la razón, que de seguro aún estando con él, cuando iba los fines de semana a su casa aprovechada para verse con el anterior, y que probablemente hasta lo llevaba a su casa.

Diego confesó que había tomado su celular y había espiado su cuenta de Facebook, y había encontrado el mensaje y canción que le había dedicado a su ex, grave error de los dos, uno por enviar el mensaje y otro por espiar. Eso creó una primera herida en la relación. Xavier le dijo que estaba equivocado y que jamás arriesgaría lo que tenía con él, que lo amaba de maneras que no había experimentado antes. Xavier le dio sus contraseñas de celular, correo electrónico, y todas sus redes sociales. Ahí las tienes, le dijo, cuando gustes puedes entrar a ver todo sobre mí, yo no te oculto nada y daría todo por ti. Cuando llegaron al metro, Diego lo tomó de la mano y fue una de las primeras veces que él tuvo la iniciativa. Nació en Xavier un sentimiento de protección, se sentía a salvo del mundo, jamás arriesgaría lo que construían juntos, siempre cuidaría su corazón antes que el suyo. Caminaron entre un mar de gente que viajaba de Huaxilán al Distrito Federal.

Comenzaron las fiestas y celebraciones de Todos Santos o Día de Muertos, la fiesta huaxilanense favorita de Diego, en cuya casa hizo un gran altar con lista en mano de cada uno de sus difuntos y un detalle para cada uno, incluso los perros desde que tenía uso de memoria. Xavier, en su ofrenda, ponía un detalle a todos los que había fotografiado cuando cubría la nota roja, y sobre todo cuando hizo su trabajo sobre los narcolevantamientos, su colección fotográfica *Tus pasos se perdieron con el paisaje*, que fue con lo que ganó su premio nacional de periodismo.

Cuando hizo ese proyecto fotográfico, a cada lugar donde iba y cada persona fallecida les pedía disculpas mentalmente, rezaba por ellos; si no sabía sus nombres, les ponía uno y les decía que con el trabajo que él hacía contribuía a que a nadie más pasara por lo mismo. Sólo durante un año pudo aguantar cubrir esa fuente, poco a poco el olor a sangre y carne putrefacta no se le quitaba de la piel y de la memoria, y desistió antes de lo que le hubiera gustado.

Xavier le contaba sus anécdotas a Diego, quien lo escuchaba atento. Habían comprado unos tarros de color verde con forma de calavera y fueron los que más usaron en esa temporada para beber cerveza, cada quien tenía el suyo y usarlos era un ritual para la plática.

Ese fin de semana, Diego tenía que hacer, para una de sus clases, unas fotografías de las ofrendas que se ponen en ciudad universitaria. Xavier le prestó su cámara y fueron entre los dos a hacer las fotografías. Xavier recordaba sus tiempos en la Universidad Nacional, cuando le tocaba a él y a sus compañeros de facultad poner las ofrendas. Llevó a Diego a los lugares que le gustaba ir para "echar pasión" a las islas o "el camino verde". Le gustaba mucho la biblioteca, desde siempre le gustaban los lugares con libros, siempre que podía contaba su anécdota de que cuando fue a la biblioteca de la ciudadela, iba en primero de secundaria, no existían las computadoras y se tenía que buscar aún en fichas de trabajo. También le gustaba el estadio universitario, una vez "echó pasión" en pleno día en el puente a desnivel del estadio, se acordó y soltó una risa.

—¿De qué te ríes?

—De unos amigos que los agarraron echando pasión aquí.

—No te creo. ¿Fuiste tú?

—Sí— contestó Xavier —pero no me cacharon.

—¿Por qué me querías mentir?

—Por idiota, pero ya te estoy diciendo la verdad. Te quería mentir porque si te decía la verdad te podrías incomodar. Cuando fue mi primera relación y en general con las primeras relaciones, cuando me contaban sus experiencias previas con otros güeyes, sentía celos. Anhelaba lo que no había vivido yo y envidiada a ellos por haber tenido algo con quien yo estaba en aquel momento. Por eso te quería mentir.

Quedaron en silencio el resto de la tarde, Diego absorbió ese comentario con nostalgia. Cada relación es diferente y puede ser injusto e insano comparar la manera de ser de cada persona con la que se ha estado, pero a veces es inevitable y también sucede que no hay punto de comparación.

Así era esa relación, nada de lo que Xavier hacía o vivía al lado de Diego se asemejaba con sus experiencias previas, y vaya que había tenido varias para comparar y conocer de qué iba la vida, qué es lo que quería y no para él.

Fue más frecuente que Diego se quedara a dormir con él los sábados y domingos que no trabajaba, y entre semana le encantaba regresar de la universidad y encontrarse a Diego con sus botas amarillas, *jeans* y camisa de cuadros sentado en el viejo sofá con tapiz de flores leyendo *Toda esa gran verdad*. Cuando terminaron ese libro, comenzaron a leer *Diablo guardián*.

Cuando regresaba del trabajo y estaba Xavier acostado en el sofá leyendo o dormido, le gustaba irse a acostar sobre él, besarlo y soplarle los labios hasta que los cachetes se le inflaran tanto que ya no pudieran más. También le encantaba hacerle cosquillas, hubo tantos días seguidos que se hacían cosquillas que quedaban doloridos de tanto reír, así que decidieron establecer un solo día a la semana para hacérselas. El trato quedó para los jueves, aunque todos los días se reían de sí mismos y había muchas cosas que los hacía reír.

Antes de las fiestas navideñas acabaron de leer no sólo *Diablo guardián*, sino casi todos los libros de Velasco. Cada noche platicaban de sus avances en la lectura y de lo que habían hecho durante el día. Xavier se había llevado una maleta con ropa semana a semana que iba a su casa y ahora prácticamente todo de él estaba ahí. Su ropa se confundía ya con la de su amante casero. A diferencia de relaciones pasadas, en las que también Xavier se llevaba a vivir a sus parejas, siempre odió que le tomaran sus cosas y más su ropa. Creía mucho en la suerte, en la energía de las cosas que lo rodeaban, incluyendo las prendas. Por eso no se ponía la ropa de nadie más, porque creía que se quedaba con la suerte de esa persona, pero en esta ocasión fue diferente, ya que le gustaba ver a su hombre vestido de él, verlo usar sus cosas y sentirse contento.

Cierto día, para ir a dar clases, no encontró más que una camisa limpia que no era de él y llegó al trabajo con ella y una alumna del salón le dijo: "Diego tiene una camisa igualita, yo se la regalé y jamás se la he visto puesta". Hubo veces en que confundían la ropa pero no pasó a mayores.

Por fortuna, en poco tiempo terminaría el cuatrimestre y el martirio moral que azotaba a Xavier como buen cristiano acreedor de culpas eternas. "Sé que puedo vivir sin ti, pero no sé qué haría en mi mundo, que es muy tuyo", dejó escrito Diego en un bloc de notas que había en la mesa.

Desde que comenzó a quedarse con él y empezó a hacer sus prácticas profesiones se levantaba antes que Xavier. Al irse, además de despedirse de él con beso de lengua, le dejaba notas y Xavier le contestaba cada uno de los mensajes con versos, frases de otros escritores que han dicho mejor que él, lo que él quería decir, o bien le dejaba dibujos.

Cuando acabó el cuatrimestre, celebraron que la vida los haya reencontrado, ya no había dilema moral para que pudieran estar juntos, festejaron su relación. Los alumnos hicieron una fiesta de cierre de curso e invitaron a Xavier. A pesar de las ganas que tenía por estar con Diego, no fue. Pensó que él también debería de tener su espacio con sus amigos, además, ya había librado el cuatrimestre sin ninguna sospecha para que la fuera a regar de última hora.

Diego trabajaría de corrido todos los días de las vacaciones, necesitaba dinero para pagar el siguiente cuatrimestre, por lo que se le dificultaría quedarse con su novio, así que dejó notas por escrito en el bloc para todos los días que faltaban del año.

Lo primero que extrañó Xavier fue ducharse juntos. Diego le había enseñado a ducharse bien, y él lo había duchado los últimos meses, jamás había usado un estropajo ni se imaginó lo tanto que le gustaría que lo tallaran, de las caricias del estropajo pasaban hacer el amor en la regadera, otro gran ritual.

Otra de las cosas que le había enseñado Diego era a poder detener el flujo de orina, jamás se imaginó que pudiera mandar así sobre su cuerpo, a base de ejercicios de apretar y soltar fue que logró controlar su vejiga y poder detener el flujo a su gusto y mando. Todos los días se mandaron mensajes, para entonces también tenían la costumbre de mandar fotografías de sus pies cuando iban al baño. Las imágenes mostraban los bóxers y pantalones abajo; fue otro ritual del juego. Para finales de año ya tenían una colección de todos los baños a los que iban.

Comenzaron las posadas y las reuniones navideñas y predominó ese extraño afán de quererse reunir medio mundo en las celebraciones. Xavier quería que su inseparable amante lo acompañara a las pocas reuniones que lo invitaban, pero él no podía por el trabajo, pasaba la mayor parte de la tarde y de la noche trabajando; por lo general regresaba a su casa entre las cuatro o cinco de la mañana y dormía hasta tarde. Sólo tuvo dos días libres, que aprovechó para ir al Huaxilán para ver a su novio, que acostumbraba irse a casa de su mamá al Estado y dejaba el Distrito Federal por varios días.

Diego lo acompañó a una reunión con sus colegas del periódico, gente que fácilmente podrían ser sus papás, de hecho él tenía una hermana mayor, que incluso era menor que Xavier. Los temas de conversación eran completamente diferentes a los que de alguna manera estaba acostumbrado con sus compañeros: ahí no había reguetón sino canciones de José Alfredo Jiménez o José José.

Los asistentes le preguntaban su posicionamiento, si era de izquierda o derecha, o que si era independentista, tema del día con la pérdida de los estados del centro del país, que qué opinaba de la militarización de Huaxilán. Diego simplemente era feliz, le encantaba cuando lo presentaba como su pareja, se sentía reconocido con esa distinción, por decirlo de alguna manera; "ser su pareja", se repetía y se sentía cómodo en ese orden de las circunstancias.

Después de la reunión se fueron a lo más lejano de los poblados de Huaxilán, donde se encontraba un aserradero abandonado. Se internaron en él, con la sensación de adrenalina por profanar lo que un día fue vigilado por los militares. Una vez refugiados del mundo en aquel espacio hicieron el amor por todos los días que no habían estado juntos y por todos los días que no estarían juntos hasta verse después del Año Nuevo.

III

Muchas cosas pasaron en el segundo año: Xavier y Diego siguieron viviendo juntos, sin conflicto, y fueron simplemente felices. Durante ese año pasó algo importante y una cosa llevó a la otra.

De un día para otro llamaron a Xavier a recursos humanos de la universidad, y sin deberla ni temerla, lo obligaron a que firmara su renuncia, le dijeron que de no hacerlo no lo volverían a contratar como maestro. Él tenía un puesto de tiempo completo con nómina y algunas prestaciones y lo que quería la universidad es ya no tener profesores como personal de planta y poder contratarlos por *outsourcing*, por eso el deseo de despedir a todos los profesores, pero para no liquidarlos conforme a la ley.

Con base en amenazas y amedrentamientos uno a uno de los profesores fueron despedidos. Muchos se negaron a firmar, entre ellos Xavier, pero con mucha violencia le gritaron que no sabía en la que se estaba metiendo y hasta le dijeron que se fuera despidiendo de sus horas clase porque jamás lo volverían a contratar, y así fue, justo cuando inició el año.

Si Xavier firmaba, en automático perdía su antigüedad y no le pagarían ni la mitad de lo que antes ganaba por el mismo tiempo trabajado, pero no hay mal que por bien no venga. Los alumnos de todos los grupos, al enterarse del despido injustificado, se quejaron con quienes pudieron, pero nada ayudó para que Xavier regresara, ni quería hacerlo; se podía esperar ese trato vil de los periódicos donde trabajaba, pero jamás de la universidad.

Cuando le reclamó a Tere Martínez ella le pidió disculpas y le dijo que no sabía que despedirían a todos los profesores de planta.

Diego lo acompañó y estuvo con él los pocos meses que estuvo desempleado. Desde el primer día en que se fueron a vivir juntos, él siempre compró despensa y víveres para la casa, lo apoyaba para pagar las cuentas y era muy servicial. Xavier intentaba pagar lo más que podía pero también se dejaba ayudar y su pareja lo hacía con mucha voluntad y amor.

Esos días se sintió defraudado y triste por dejar esa otra actividad profesional que le gustaba, sintió una profunda traición. No se explicaba cómo la misma universidad se atrevía a tener la licenciatura en derecho, recién había cambiado la administración de la universidad y había llegado un usurero contador como rector y, desde entonces, bajó el nivel académico y de vez en vez escuchaban malos comentarios. No es que estuviera enojado con la universidad y mucho menos ardido, pues era egresado y le había dado mucha estabilidad económica. Gracias a la universidad había reencontrado a su más grande y dulce amor, después de que lo perdió en la fiesta donde apuntó mal su número.

Absolutamente nada de lo que le quitaran restaría lo tanto que ya le había dado con Diego en su vida.

Cierto día en que seguía sin un peso en la bolsa y después de mandar aplicaciones a todas las instituciones recibió una llamada. Xavier se encontraba en casa de Diego, había llevado ahí a esterilizar a Misto y estaba platicando de lo más agusto con su suegra, cuando contestó su celular y le ofrecieron una entrevista y una clase muestra para el Colegio de Huaxilán, institución importante para el Estado y el mundo académico, y que había sido fundado por españoles, auspiciado por el gobierno, se transformó en un centro de estudios de ciencias sociales y humanistas, un tanto positivista pero serio.

La clase muestra fue sobre Siglo de Oro español. Las clases serían para preparatoria, le hicieron muy buenas observaciones, le chulearon su letra y la claridad de los conceptos. Fue un poco desordenada la información en el pizarrón, pero fuera de eso todo perfecto y fue bienvenido al Colegio de Huaxilán. Eso fue lo importante que pasó ese año, conseguir ese trabajo, y que Diego estaba con él todo el tiempo, incluso ese día de la entrevista y clase muestra.

El colegio tenía al centro de su edificio unos jardines donde también había un hermoso lago con peces japoneses de colores negro, rojos y anaranjados. Ahí se había quedado Diego a leer a José Agustín. Xavier se encontraba en un tercer piso y desde donde estaba podía ver a su novio, que esos días se había pintado el cabello de azul. Le marcó por teléfono:

—Me dieron el puesto, amor.

—Sabía que te lo darían. ¿Ya acabaste?

—Aún no, ya casi. Búscame con la mirada, a ver si me encuentras.

Diego aún no levantaba la vista, la tenía puesta sobre su libro y su celular en mano pegado a la oreja, alzó la mirada y dirigió sus ojos exactamente a donde Xavier estaba, sin titubear. "¿Cómo adivinaste tan pronto?, ¿cómo sabías dónde estaba?", se sorprendió Xavier. "Siempre sabré dónde estás porque te amo y tengo un radar especial para sentirte", dijo y sonrió. Desde lo lejos Xavier pudo ver su hoyuelo en la comisura del lado izquierdo que junto con su mirada le volvió a quedar intacta en la memoria. Al ver a ese ser humano y sentir su apoyo y amor en ese momento y en los días pasados que había tenido tanta depresión por el desempleo ante la injusticia de la Universidad Latina se sentía aliviado y motivado. Con Diego a su lado se sentía seguro en el mundo.

&

Emilio seguía leyendo su escrito, de vez en vez estiraba su brazo para beber su vaso de *whisky* que Víctor rellenaba antes de acabarse. Hacía frío. También le acercó una frazada para que la pusiera en las piernas.

Víctor mantuvo esa noche precisa en su memoria e incluso pasado el tiempo casi ya al final de ese libro. Reflexionó sobre lo que Emilio había dicho esa noche, recapituló palabra a palabra: "Siempre sabré dónde estás porque te amo y tengo un radar especial para sentirte". Víctor jamás se imaginó esa noche que tiempo después, conocería a Diego en persona. Para ese tiempo él habría de regresar de Chile y sería el candidato más joven a una diputación, obvio del Partido Verdadero Revolucionario. Tampoco él sabría nada de Emilio, de alguna manera lo había extirpado de su vida, al menos así lo dio a entender en la breve plática que tuvieron, pero eso sucederá y cobrará sentido más adelante.

—¿Quieres algo de cenar? —preguntó Víctor.

—No gracias —contestó su visita.

Emilio se dio una pausa para ir al baño.

Cuando regresó, Víctor había sacado unas pepitas y chapulines asados como botanas en unas hermosas bandejas de vidrio. Emilio las vio a contraluz como analizándolas, y dijo: "qué bonitas".

—Las hice yo — contestó Víc— las hago con el vidrio que colecciono y reciclo.

—Quiero unas —pidió Emi y se llevó un poco de botana a la boca —estoy feliz de volverte a ver. Es difícil volver a ver a conocidos de hace tanto tiempo, muchos su fueron de Huaxilán después de la militarización y de las independencias.

—Así es. La mayoría de mis amigos se fueron.

—¿Por qué te quedaste?

—Tanto mi papá como mi mamá son necios, a pesar de que los militares se quedan con casi la mitad de sus ingresos en las fábricas en impuestos, no quisieron irse de aquí. No tuve el valor de dejarlos.

—Hiciste bien. Eso habla bien de ti.

—Gracias.

—¿A dónde te hubiera gustado ir si no te hubieras quedado?

—Lo más al sur posible. Un día podré conocer los glaciales. Es mi mayor sueño.

—Ya me di cuenta.

Emilio llevó su dedo índice sobre uno de sus brazos de Víctor, donde estaba el tatuaje de glaciales de color azul acuoso.

—Platícame de tus tatuajes —dijo Emilio.

—¿Qué quieres saber?

—Qué significa cada uno.

—¡No tienen una profunda historia, eh!, te advierto. Muchos me los puse sólo por gusto, porque me gustaron cuando los ví.

—¿Cuál fue el primero?

—Adivina —dijo Víctor y sonrió como niño a punto de hacer alguna travesura.

—No lo sé, tienes más tatuajes debajo de la playera, ¿verdad? —preguntó Emilio y sonrió provocativo.

—Sí —contestó Víctor y de inmediato se quitó la camiseta— te ayudaré con una pista porque hace mucho frío: está en el pecho.

Había todo un hermoso paisaje selvático sobre sus pectorales: flores, árboles, helechos, jaguares y aves de diferentes especies. En medio del paisaje se encontraban unas flores que no correspondían necesariamente con el resto de la obra: eran unas varitas de azahares. Emilio las reconoció porque en su infancia había naranjos y limonares en su casa que daban de esas flores.

—Es éste —dijo y lo acarició con la mano.

—Acertaste —dijo Víctor y se puso su playera tan pronto Emilio retiró su mano.

Había más flores en otras partes de la los hombros, como azaleas, iris, francesillas, incluso hortensias y rosas.

—Veo que te gustan las flores —comentó Emi.

—¿Cómo adivinaste que ese fue mi primer tatuaje? —preguntó Víc.

—Intuición.

—Te engañé, me gusta decirles que sí a cualquiera que me digan.

—¿Por qué haces eso?

—Para no defraudarlos. Además no importa cuál es el primero o el último.

—¿Y cuál fue el primero?

Víctor se descubrió el bícep derecho, había una hermosa golondrina.

—Está hermosa —dijo Emilio.

—Hermoso, es un golondrino —corrigió Víctor y sonrió.

—Eres muy divertido, ya no me acordaba que eras así.

—A la orden —dijo y sonrió.

—Descubrí la razón de tu engaño, te querías quitar la camisa y hacer que te tocara el pecho.

Víctor rió.

—No lo descubriste, te lo confesé.

Los dos rieron.

—Desde que nos conocimos, ¿sabías ya de tu orientación? —preguntó Emilio.

—Ya, ya sabía. Me encantaban los chicos, pero Huaxilán, además de ser un Estado militar, era acérrimamente católica. Ser homosexual era doblemente castigado, en primer lugar porque iba en contra del ideal de masculinidad promovida por el Estado después de la revolución huaxilanense, y luego por ser algo contranatural promovido desde el Vaticano, que podría permitir el aborto o la pederastia pero jamás que dos hombres o dos mujeres se amen entre ellas.

El colmo de las hipocresías: aún recuerdo en mi infancia las múltiples visitas del Papa al país donde bajaba del avión y le daba la bendición al presidente a sabiendas de los desaparecidos que llevaba en su haber. Y qué decir cuando regañó a los sacerdotes de la teología de la liberación por andar promoviendo la justicia social, algo que el Estado desconocía: los derechos humanos.

—Sí me acuerdo, en aquellos tiempos ser *gay* era un verdadero pecado.

—¿Tú ya sabías de tu orientación?

—No. Eso pasó mucho tiempo después.

Los dos alzaron sus vasos de *whisky*.

—Por nuestra orientación, dijeron casi al mismo tiempo, adivinándose las palabras.

—¿No tienes frío? —preguntó Emilio.

—No, ya estoy acostumbrado —contestó Víctor. —¿A ti te gustan las flores? —preguntó mientras deslizaba sus dedos sobre sus tatuajes como si hiciera una labor de reconocimiento.

—Mucho —contestó Emilio.

—Acá, atrás, en el bosque tengo varias plantitas que florean hermoso. Mañana te llevo a verlas.

—Te gusta mucho la naturaleza, por lo que veo. ¿Qué prefieres, el mar o el bosque?

—El bosque.

—Tú muy bien, a mí me desespera el calor.

—Es una selva lo que tienes en el pecho, ¿no?

—Pues terminó siendo una selva. Es como la vida, uno piensa que es algo y al final termina siendo algo distinto. Preferiría que pareciera más a un bosque.

—¿Tienes algún tatuaje que pasado el tiempo te haya dejado de gustar?

—Ninguno. Me gusta cada uno.

Sobre la palma de la mano de Víctor se alcanzaba a asomar la punta de un helecho. Emilio tomó su mano para ver el tatuaje de manera completa, le llamó la atención que de primera vista no se apreciaban otras pequeñas imágenes que ahí había.

—Tus tatuajes son como estereogramas se tiene uno que acercar y alegar para descubrir como emergen nuevas formas.

Víctor sintió el recorrido de los dedos de Emilio sobre su piel y cerró los ojos. Comenzó a sentir una sensación de agrado que le recorría desde la coronilla de su cabeza hasta los pies. Abrió los ojos cuando la luz de los faros de algún camión se introdujo por la ventana. Emilio lo miraba fijamente, no se había percatado de lo claro que eran sus ojos.

—No me imaginé que me pondría tantos tatuajes, de lo contrario habría planeado mejor la distribución. Lo habría diseñado por ecosistemas, tengo glaciales en medio de bosques y selvas. Los pájaros no corresponden a los paisajes donde se encuentran. Pero una vez que tuve el primer tatuaje ya no pude parar. ¿Tú tienes tatuajes?

—No, aún no. Me dan miedo las agujas. Bueno, más bien dicho el dolor de las agujas.

—No duele.

—No te creo.

IV

Fue el cumpleaños de Diego y reunió a todos sus amigos y familiares en una gran reunión. La fiesta fue en casa de su hermana mayor, porque tenía un gran patio. Su mamá preparó un guiso riquísimo con carnes frías que servía en tostadas, un manjar. Xavier ya lo había probado antes de esa noche, cuando fue el cumple de la hermana menor de Diego, Monse, quien tenía el cabello chino y cortito, usaba unas diademas tejidas y bordadas con flores; era muy linda.

Ese cumple estuvo increíble, la novia de Monse le pagó un *show* de travestis, en el que cantó la mismísima Alejandra Guzmán. Fue una gran reunión.

La mamá de Diego había cuidado por muchos años a un niño que había quedado huérfano y hasta esa fiesta, la de su hermana, Xavier lo conoció y congeniaron muy bien. El hermanastro le platicó que recién había terminado con su novio y que él siempre se había dado cuenta de la orientación de Diego, pues había crecido con él. Jamás pasó nada entre ellos, él lo quería como un hermano. El chico era moreno, flaco en extremo y muy sonriente. Ese hermano postizo también fue invitado a la fiesta de cumpleaños de Diego, pero no asistió. La noche que lo conoció, como a las tres de la madrugada, estaban aventando a todos a la alberca de la finca en la que se realizó la reunión y Xavier no se salvó de ser aventado. En aquella ocasión Diego le contó la verdad a su hermana: "tengo novio", le dijo. Contarle todo era su regalo de cumpleaños. Xavier se sintió contento por la importancia que le estaba dando Diego en su vida, a pesar de todos los prejuicios que tenía en la cabeza.

Xavier se la pasó muy bien en la fiesta del cumpleaños de su novio. Todo el tiempo bailó con Laila, o al menos intentó coordinar sus pies con lo que su novio le había enseñado.

Uno de los grupos de música que habían conocido en Chile estaba de gira en Huaxilán y varios chicos argentinos de ese grupo hicieron el esfuerzo de ir a la fiesta. Casi toda la noche se escuchó reguetón hasta que los últimos invitados se retiraron. También fueron compañeros de universidad que se alegraron de ver al profe Xavier, pero él se mantuvo lo más lejos posible, porque no quería que se les ocurriera decirle profe frente a los papás de Diego o de sus familiares, sólo Laila pudo percibir un poco de lo incómodo que se sintió, pero no iba a perder la oportunidad de estar con su novio en la celebración de su cumpleaños.

Uno de los amigos de Diego había llegado en moto a la fiesta, pero cuando intentó irse no encendía, de modo que lo acompañaron a dejarla a casa de un familiar y la imagen de Diego empujando la moto le quedó muy fija en la mente de Xavier. Ahí estaban los tres caminando en una noche sin luna, iluminados por las luces del alumbrado público. Por turnos empujaban la moto descompuesta, Xavier vio muy alegre a Diego, más cuando se fueron a dormir a su departamento y ya de madrugada hicieron el amor.

Ese día fue cuando Xavier le prometió que escribiría *El libro de 1994*. Aún recuerda con mucho detalle la iluminación, la textura de las sábanas de la cama y la suavidad de la piel de su pareja que se podía sentir debajo de todo su vello pectoral. Xavier le dijo: "te prometo que será la historia más linda y profunda del mundo".

Iniciado el último cuatrimestre de la licenciatura, Diego se fue de fiesta con sus compañeros de universidad. Cuando le dieron un aventón de regreso a casa de Xavier, sus amigos le preguntaron: "¿qué no aquí vive nuestro profe?". "Sí", les contestó, "de hecho mi hermanastro con quien me quedo a dormir hoy, llegó a vivir aquí porque vi que se rentaba un departamento en las publicaciones del Face del profe". Esa la excusa que se sacó de la manga, ya estaba ebrio y cuando llegó a la habitación abrazó muy fuerte a Xavier. Le dijo que lo amaba mucho y que siempre iba a querer estar con él.

Xavier se sintió muy dichoso y recordó esa noche porque Diego había sido muy tierno. Había algo en él que lo desbordaba de amor, de ganas de consentirlo, de abrazarlo, de hacer todo para hacerlo feliz. Incluso fue capaz de dejarlo, cuando más lo amaba, cuando él le pidió terminar la relación, años después de esa noche.

Laila invitó a Diego a la marcha del orgullo LGBT en Huaxilán, y éste llevó Xavier. Ella había conseguido que su mariachi en cierto momento, durante la clausura del desfile, subieran a uno de los escenarios a tocar sones huaxilanenses.

Ella cantaría melodías de Lucha Villa, personificada de ella. Todos los compañeros del mariachi apoyaron la idea y el día del desfile ahí estaban todos tocando en el escenario y Laila feliz interpretando: "Quelite", "Podría volver", "Con mis propias manos", "La tequilera". Cuando acabó la marcha siguieron de fiesta, fueron de bar en bar, cantina en cantina, hasta el amanecer.

Diego estaba feliz. Fueron a comer al Centro Histórico tacos al pastor, al lado de la Torre Latinoamericana, lo cual se convertiría en un ritual. El Centro Histórico también era un ritual en su relación, pues hubo una vez que Diego compró un ramo de rosas, se tomó una foto con ellas desde la Torre Latinoamericana y se la mandó a Xavier. Le dijo, "ven, aquí te espero". Una hora después ya estaba Xavier en lo alto de la torre recibiendo sus rosas. Fue uno de los detalles más amorosos de su vida, quizá por eso le gustaba ir al centro.

El día de la marcha se encontraron con Paco y Tania e invitaron a Laila y comenzó la fiesta, llena de baile, cervezas, y alegría; lamentablemente resguardada con un gran comando de soldados, por si algo se salía de control, pero todos los que salieron a marchar disfrutaron como si los militares no existieran. Cuando les dieron las cinco de la madrugada, Xavier propuso ir a ver el amanecer a la Plaza de las Tres Culturas y así hicieron.

En el transcurso de la noche, antes de llegar, hubo un punto en que discutieron por algo muy absurdo: Xavier no quería cargar su chamarra y Diego se ofreció a llevarla pero no toda la noche. Entre tantas cervezas que ya habían bebido discutieron pero Diego comprendió que Xavier ya estaba muy borracho, así que no lo tomó tan en serio.

Aquella noche por primera vez Diego vio con ojos distintos a su novio. Algo sucedió aquel día en la marcha del orgullo LGBT, que deseó conocer más hombres y saber qué había más allá de su primer novio, con quien acaba de discutir. Ese día asumió su orientación con orgullo sin pena ni prejuicio. Había algo palpitante en él, que tarde o temprano lo alejaría de Xavier.

Cierto día, Diego dijo que cuando acabara de estudiar la licenciatura quería independizarse, le gustaría ser como él y rentar un espacio propio y hacerse de sus cosas, que Xavier podría irse a quedar con él cuantas veces quisiera, quería tener la satisfacción de valerse por sí mismo. Xavier le dijo que lo apoyaba en todo lo que quisiera emprender, que su casa siempre sería la suya; no quería compartir ya nada con nadie más que no fuera él.

Los siguientes días fueron felices y agradecidos, se tenían el uno al otro. Había pasado ya un tiempo en que habían intentado sembrar árboles de aguacate: ponían las semillas con cuatro palillos clavados a su alrededor sobre contenedores pequeños como los tequileros y ahí, con poca agua comenzaba a germinar la semilla hasta nacer un tallo. Tenían ya varios, al crecer los trasplantaban a tierra. Diego les ponía nombre a cada planta: tenían a Paty, Selma, Liza, Homero, March, Appu. Poco a poco tendrían todos los personajes de los *Simpsons*. Xavier tenía sólo a Freud, Nietzsche y Marx, que eran tres helechos para la buena suerte, pero pronto se secarían: como plantas de buen augurio ninguna sobrevivió.

Xavier comenzó a reconocer en su manera de ser pequeños gestos de su novio, como si fuera una extensión de ese peculiar ser en el mundo. Se sentía contento cuando se daba cuenta que al saludar o reír ya había un sello de Diego, le gustaba *diegar* por el mundo, y así fue siempre: muchos años después seguiría *diegando*. Hay relaciones que marcan, pero pasado el tiempo extraviamos esa extraña marca, la perdemos o la borramos, pensaba Xavier, pero la marca de su novio siempre fue distinta, le había dejado una sello indeleble en todo su cuerpo físico y en el intangible.

Diego había escuchado una canción que coincidía con los signos zodiacales él y de Xavier. "El horóscopo dice", se llamaba la canción y dice algo como: "el horóscopo dice que voy a estar a tu lado / el horóscopo dice que vamos a estar enamorados". Diego se la mandó y dedicó a su novio; ya tenían discos completos dedicados.

Por esos días también Xavier le había dedicado *Real Love*, de los Beatles interpretada por Regina Spektor. La canción le resultó triste a Diego, y era verdad, algo tenía de triste o solemne. También era verdad que Xavier había esperado todo ese tiempo el amor de su novio, como una compensación de todo lo que vendría después en su vida; siempre había pensado así en sus relaciones y en esta más, le daba miedo cuando no estaba con él. Xavier sentía que por alguna razón su pareja dejara de pensar en él y por lo tanto dejara de amarlo.

Xavier comenzó a trabajar en el Colegio de Huaxilán, donde hizo nuevos compañeros de trabajo y nuevos alumnos. Cada día que regresaba a su cuarto de azotea amaba ver a su novio. Había decidido dejar el fotoperiodismo y dedicarse sólo a impartir clases. Quizás en el futuro se decidía a estudiar una maestría en el mismo lugar donde trabajaba.

Durante ese año, también, los dos se percataron que comenzaban a haber más retenes militares tanto en Huaxilán como en el Distrito Federal, así que ya no salían de fiesta como antes y preferían quedarse guardados.

"Te quiero desde el primer día en que conocí", le decía cada vez que podía Xavier a Diego y, en efecto así fue, lo quiso siempre, incluso hasta el momento en que él lo terminó y lo dejó llorando en una cafetería casi dos años después de ese gran día que se conocieron.

&

"¿No te revuelves en tu propia historia?", preguntó Víctor. "Creo que ahora sí ya me confundí", contesta Emilio y ríe. "Perdón, creo que me adelanté mucho, se me desordenan las hojas", improvisó. "No pasa nada", le replicó Víctor, "aunque te adelantes en tu historia, lo que me cuentas es un poco predecible. Sabemos que tarde o temprano Diego dejará a Xavier, así como tú sabías que Diego te dejaría". Emilio se quedó en silencio, consternado, ido.

"Siempre lo supe, las primeras relaciones somos un ensayo para las que vienen, pero guardaba la esperanza que al final él se quedara conmigo", dijo Emilio mirando fijamente a Víctor. "Lo que me acabas de decir me recuerda a una canción de Selena, la reina del *tex mex*. ¿Te acuerdas cuándo murió? Fue un escándalo, estábamos chicos pero recuerdo que todos en mi casa estaban consternados", comentó Víctor. "Claro que recuerdo el suceso y por supuesto que ubico la canción", dijo Emilio, y comenzó a cantar: "yo tenía la esperanza en el fondo de mi alma que un día te quedaras tú conmigo / y aún guardaba la ilusión que alimentaba el corazón / mi corazón que hoy tiene que verte como solo amigo".

"¿Quieres que la busque y la reproduzca?", preguntó Víctor, pero no contestó Emilio a la pregunta: "Cuando de recién me terminó la repetía noche tras noche y me emborrachaba hasta olvidar y poder dormir. Aún me veo en posición fetal llorando noches enteras. Mis vecinos venían a tocarme la puerta porque neta te juro que escuchaban mi llorera y gimoteos. Los preocupaba, pensaban a lo mejor que me iba morir y también no los dejaba dormir. Quizá me querían reclamar, pero nunca les abrí y cuando a los siguientes días los veía se me caía la cara de vergüenza y los evadía. Siempre me llevé bien con ellos, pero cuando Diego me dejó para irse a Chile, decidí dejar de rentar ahí. Todo se me juntó: las amenazas de muerte y su abandono". Emilio se había quedado con la mirada en el pasado, hacía un buen rato que no pasaba ningún auto por la autopista, estaban en silencio porque la anterior *playlist* se había acabado.

"Otra de las canciones que me hacían suspirar es "Fotos y recuerdos", dijo Emilio volviendo en sí y cantó de nuevo: "tengo una foto de ti / que beso cada noche antes de dormir / ya está medio rota ya se está borrando / por tantas lágrimas que estoy derramando", Víctor se puso a cantar con él.

"No te martirices", le dijo Víctor. "En Huaxilán somos muchos los hombres que nos gustan los hombres, y en menos de lo que te imaginas, ya amarás a alguien más, mucho más de lo que amabas a Diego". "No lo creo", le contestó. "Sólo el tiempo te sanará", agregó Víctor, "pero eso sí, ahora sí fíjate en alguien de tu calada, en alguien de tu edad". "¿Cómo tú, de tu edad?", le inquirió Emilio. "Sí, alguien como yo te vendría a bien, pero no ahora que andas en duelo", le contestó Víctor y le sonrió.

También las canciones de Natalia Lafourcade me llegaban, siguió platicando Emilio: "lo que construimos se acabó / fue sólo nuestro. / Lo que construimos se acabó / se lo lleva el viento", tarareó. Con "Palomas blancas" lloraba cuando la letra dice: "que no se acabe nada de lo nuestro".

"Yo sé algo que tú no sabes", le dijo Víctor y continuó: "el día que termines de escribir esa historia quedarás sanado. Verás que habrás agotado tus emociones y recuerdos y estarás listo para dejarlo ir. Escribir te sanará, si las personas nos dejan no es nuestra culpa, no sientas que no fuiste suficiente para él. Esa impresión tengo, sientes que no fuiste suficiente, y tranquilo, se fue porque se tenía que ir".

Víctor se levantó y puso otras rolas de cuando eran adolescentes. Sonaron canciones de Café Tacuba, Inspector y Maldita vecindad. "¿Te acuerdas de estas canciones?", preguntó Víctor. Cuando fue el turno de "Kumbala", la tarareó.

Emilio intentó ordenar las hojas de su manuscrito.

—A ver, déjame ver lo último que leíste —dijo Víctor y Emilio le extendió las hojas en la libreta y le indicó donde se acababa de quedar. Víctor no encontró las palabras que anteriormente había escuchado.

—Estás improvisando, ya me lo imaginaba, aquí no dice que te dejó llorando en un cafetería después de dos años de relación.

Le regresó su libreta y volvió a servir dos vasos de *whisky*.

—Continúa —dijo Víctor—, pero no cambies lo que ya tienes, ¿va?

Emilio asintió con la cabeza. Estaba haciendo un esfuerzo en vano por ordenar las hojas, hacía anotaciones sobre ellas, no tenían paginación y comenzó a colocárselas con una pluma.

—Espérame tantito—, le dijo y movía páginas de atrás para adelante, tachaba una y otra vez la paginación por otra correcta. A Víctor le parecía fascinante tener ahí a Emilio ensimismado en su historia.

—¿Por qué no lo dejas así? —le sugirió Víctor—, que todo esté desordenado como ahora están tus páginas y uno cuando te lea pueda ir en su mente completando el antes y el después de cada cosa que narras, ¿no te gustaría?

Eso fue otra premonición de su reencuentro y la dificultad de escribir la historia. Emilio se quedó mirando fijamente a Víctor, quien le sonrió. Cada gesto de Víctor en el transcurso de la noche había sido diferente, como si riera por vez primera cada vez que lo hacía. En realidad Emilio lo había visto con otros ojos, se sentía atraído por él, pero aún no se libraba del fantasma de Diego.

—No—, le contestó Emilio —no me gustaría que diera la impresión de estar muy fragmentado lo que cuento, no me gustan las historias donde los capítulos no se conectan con el siguiente o bien todo está fragmentado. A mí me gusta que fluya, que todo de alguna manera se conecte, que una cosa lleve a otra. No me puedo imaginar esas historias donde un capítulo pueda ser sólo tres palabras en una hoja: ¡no puede ser!

Emilio se quedó ido por un largo rato, su historia por partes quedaría así.

Víctor se acercó a la ventana, jamás se imaginaría que con el tiempo dependería de él que la historia de Xavier tuviera un hilo conductor. Eso vendría después, ahora estaba viendo el firmamento, miraba cómo poco a poco iba cambiando el tono del color del cielo. Emilio separó las hojas que llevaba leídas y el resto las arrancó y las apretó con gran fuerza en su mano. Con esas Emilio hizo un gran churro, las retorció como si quisiera exprimirle las palabras, que las letras se le escurrieran, se quedó meditando y después desarrugó las hojas.

—La historia debería de ser más sencilla, —dijo Emilio— Xavier se enamora de Diego y arriesga todo por estar con él, se aman profundamente durante dos años, hasta que Diego decide dejarlo porque quiere saber qué hay más allá de la primera relación, él lo hace muy feliz y Xavier no sabe cómo reponerse ante la vida y decide un día contar su historia. ¿No te he aburrido?

—No—, contestó Víctor.

—No te he preguntado por qué decidiste ponerte Xavier, pero no me contestes ahora porque adivina qué...

—No lo sé—, dijo Emilio.

—Está a punto de amanecer.

Emilio se acercó a la ventana, el cielo estaba despejado, al bosque a sus pies se le comenzaba a distinguir las copas de los árboles y pinos, y poco a poco el color azul marino se volvió claro. Se escuchaban unos gallos cantar a la distancia, y cerca de ellos oyeron el trino de algunos pájaros. Víctor se acercó a Emilio y lo abrazó. El sol comenzó a surgir lentamente.

v

"Los militares le cayeron a tu casa, compa", decía el mensaje de texto que Víctor acababa de recibir. Víctor salió a toda prisa, comenzó a sentir una terrible y fatídica desesperación, se encontraba en el trabajo y salió sin dar ninguna explicación. Fue un día muy largo, su preocupación: Emilio, todos sus pensamientos iban a él.

Hacía un mes que había accedido a mudarse a su departamento en la azotea a vivir con él y escribía su mejor historia. Emilio aún tenía miedo por algunos mensajes anónimos que había recibido en los que lo amenazaban de muerte. A *El goberprecioso* lo había amedrentado en varias ocasiones pero la suerte había estado de su lado y no había pasado a más que de golpes y una ida al hospital. Desde que volvieron a verse, los mensajes intimidantes fueron *in crescendo*.

Víctor le ofreció su casa, y de hecho Emilio iba a escribir casi todos los días por las mañanas cuando él se iba a trabajar, esperaba a que Víctor regresara, bebían un vaso de *whisky* y platicaban sobre su día. Víctor le preguntaba sobre sus avances en la escritura y él le leía. Iba germinando una relación amorosa. Víctor sabía que no era tiempo ni siquiera de besarlo, sólo debía de estar ahí para él, acompañándolo con un poco de distancia.

Por las noches, Emilio se regresaba a su casa a dormir, pero poco a poco se fue llevando sus cosas hasta que pasados unos días decidió quedarse de tiempo completo. Se le vía muy feliz, ya estaba sanando y se le pasaba ese sentimiento de sentirse perseguido y amenazado.

Víctor tomó un taxi. "Písele, chofer, le pago lo doble, pero esto es una emergencia". Todo el trayecto no dejaba de pensar en Emilio, ¿qué le habría pasado a quién le había abierto su vida y la posibilidad de un amor profundo? También él lo había visto con otros ojos desde que se reencontraron. Víctor recordaba los siguientes sábados cuando Emilio ya no iba al servicio, intentó platicar con más serviciomilitarenses, pero ninguno le cayó bien, o no lo suficiente como Emilio, cuando fue el segundo reclutamiento también se ilusionó que podía volver a verlo, pero no fue así.

Por las noches, Emilio dormía en el sofá y Víctor en su cama, por más ganas que Víctor tenía de que se acostara con él, jamás se lo pidió o insinuó siquiera, aunque fuera sólo para sentir su respiración, ya ni siquiera para abrazarlo.

Los primeros días le costó mucho trabajo conciliar el sueño, sentía su corazón desbordado y ganas de masturbarse pero sabía que su invitado se daría cuenta. Víctor tenía una larga lista de amoríos frustrados y no quería que esta nueva oportunidad que la vida le daba terminara de igual manera, por eso respetaba mucho el duelo de su amigo y lo acompañaba con mucho cariño.

Una de las últimas noches en que estuvieron juntos en Huaxilán hizo mucho frío. Víctor ya estaba acostumbrado al clima de invierno, pero su invitado no, y muy de madrugada lo despertó Emilio. "Galán, ¿tienes otra cobija que me prestes?", le dijo. Aún somnoliento, de manera muy natural, Víctor levantó sus cobijas frente a él y movió la cabeza hacia enfrente, como diciendo "ven, acúrrucate aquí". Emilio, muy obediente, se acostó frente a él. Víctor lo envolvió con uno de sus brazos y su otro brazo lo llevó hacia abajo e introdujo la mano a su ropa interior.

Tan pronto sintió el cuerpo de Emilio se volvió a quedar dormido. Ese acto de ternura fue un acto reflejo. Emilio no había estado con nadie desde que Diego lo dejó. Víctor abrió los ojos y no recordaba en qué momento su invitado había llegado a su cama; aún seguía abrazándolo y sintió erguido a Emilio. Se quedó quieto hasta que no pudo evitar comenzar a besarle el cuello y la espalda. Emilio despertó y se volteó para verlo de frente, se observaron fijamente por varios minutos antes de que iniciara su encuentro.

Víctor tenía una mirada enternecedora, el arqueo de sus cejas inspiraban inocencia. Víctor comenzó a darle pequeños besos tiernos y Emilio volvió a sentirse vivo, como hacía mucho tiempo no se sentía. Hicieron el amor y cumplieron mutuas fantasías que ya no se podían postergar.

¿Y si no lo vuelvo a ver?, se repetía una y otra vez dentro del taxi al borde del llanto.

Le marcó a Emilio varias veces pero mandaba al buzón. Sus papás se habían ido de viaje al mar días antes y Emilio se encontraba solo aquel día en la mañana. Cuando llegó, la puerta estaba abierta y todo estaba de cabeza: habían saqueado y roto todo tanto en la casa de sus papás como en su departamento.

En cuanto llegó y vio la puerta abierta y descuadrada, sintió un terrible hueco en el estómago, como si le arrancaran algo desde fuera, algo muy profundo. Sacó su celular y comenzó a documentar: "¿hay alguien?". Si le pasaba algo inmediatamente la grabación se subiría a internet y se compartiría con sus colegas.

Caminó primero por la planta baja, sin ningún rastro de vida. Subió al primer piso de las recámaras, todo estaba desordenado, los cajones vacíos, basura y objetos personales por todos lados. Por milagro no quemaron su casa, pensaba para sus adentros. Nada en el primer piso ni en el segundo, estaba nervioso, temía lo peor, sus piernas estaban temblorosas, era el turno de la azotea.

La puerta estaba tirada, todo el espacio desordenado. Había rastros de sangre. Por un momento, Víctor pensó que encontraría el cuerpo de Emilio debajo de ese desorden, incluso torturado, pero no fue así, ahí no estaba.

Los cristales de las ventanas estaban rotos, el cuaderno con el manuscrito de *El libro de 1994* yacía entre el tiradero de trastes, ropa, sillas, aparatos eléctricos. Víctor lo tomó y se percató de que muchas hojas habían sido arrancadas y comenzó a buscar rastros de ellas. Como un camino trazado fue encontrando una a una, hasta llegar a la ventana. Desde ahí se tiraron todas las demás. Víctor bajó de la azotea y rodeó la casa hasta llegar al lado donde comenzaba el bosque y vio cómo las páginas del manuscrito estaban esparcidas sobre las copas de los árboles, como si fueran una lluvia de papel: seca y dolorosa. Las hojas estaban esparcidas por todas partes, algunas cayeron en charcos de agua y desvanecieron sus palabras. Otras simplemente se las llevó el viento y las menos fueron recolectadas por Víctor.

Todo lo demás es esta historia, fue menos de la mitad del manuscrito de Emilio lo que Víctor pudo recuperar.

Víctor jamás volvió a ver a Emilio porque no apareció y decidió reescribir *El libro de 1994*. Después de juntar las palabras como fino tejido, decidió irse de Huaxilán con rumbo al sur.

Seguirán habiendo retenes militares, pero llegará un día en que en el transporte público Víctor vuelva a encontrar a Emilio y ninguno abandone al otro. Llegará un día en que ambos puedan bailar su canción favorita:

Nos ahogaremos juntos
en aguas que todos quieren probar
sin importarnos cómo es el final
no hay otras vidas
tierra nada más.

Caminaremos juntos
escaparemos de la realidad
si tropezamos no nos dolerá.

Ahora lo entiendo, amar es liberar.
Eres sangre tibia y yo me siento vivo.

Transformaremos mundos
inventaremos mares que cruzar
si nos perdemos nada pasará.
Ahora lo entiendo, amar es liberar.

El autor

Alexander Devenir (1984) es doctorante en Letras Modernas por la Universidad Iberoamericana. Maestro en Estudios de Literatura Mexicana por la Universidad de Guadalajara y licenciado en Comunicación. Profesor del Centro Morelense de las Artes. Lector asiduo y creador. Tiene publicados los libros *Los días de búsqueda* y *Desarmada la razón,* así como ensayos sobre literatura mexicana en ediciones de la Universidad de Guadalajara. La música es parte de su inspiración, así como los temas de diversidad sexual y género.

Le gustan los gatos y el mezcal.

www.elbookdealer.com

Ex Libris
Diaboli
Lingua

1994, me siento vivo
se imprimió en junio
de 2021 en Cuernavaca, Morelos
Colección *Innuendo* de novela
Lengua de Diablo
Editorial

Made in United States
Troutdale, OR
01/22/2024

17066971R00054